宮澤賢治と法華経宇宙

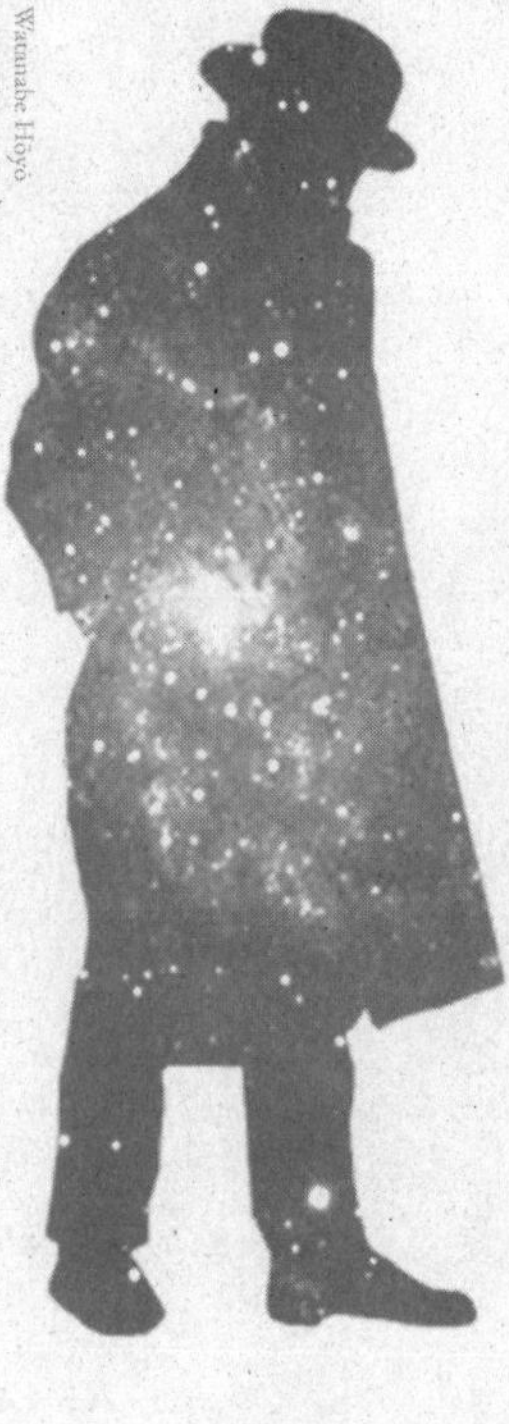

Watanabe Hōyō
渡邊寶陽

大法輪閣

【目 次】

まえがき…6

Ⅰ 賢治と法華経

第一章 仏教との縁…10
【Ⅰ】賢治の生涯と仏教とのふれあい／10
【Ⅱ】宮澤家と仏教講習会／13
【Ⅲ】時代の精神／15

第二章 法華経への目覚め…18
【Ⅰ】島地大等の感化と法華経との出会い／18
【Ⅱ】「聖道門の修業者には弱いのです」／24
【Ⅲ】賢治の法華経文学／30
【Ⅳ】「根原の法華経」／33

Ⅱ　法華経とは何か

第一章　「法華経」とは…40
【Ⅰ】『妙法蓮華経』の訳出／40
【Ⅱ】宮澤賢治はどのように『法華経』に心を惹かれたのか／43
【Ⅲ】『法華経』の二大教義　その①「諸法実相」について／45
【Ⅳ】『法華経』の二大教義　その②「久遠実成」について／51
第二章　『法華経』全品（全章）の概要…54
【Ⅰ】『法華経』前半＝迹門十四品について／54
【Ⅱ】『法華経』後半＝本門十四品の展望／61
【Ⅲ】むすび／77

Ⅲ　作品の中の法華経精神

第一章　仏教からの近代文明批判と仏教の眼…80
＝『注文の多い料理店』＝

目次

【Ⅰ】「都会文明と放恣な階級への反感」／80
【Ⅱ】仏教思想＝「三毒」の戒めからの警告／87
第二章　春のイメージと修羅の懊悩…91
＝『春と修羅』の主題＝
【Ⅰ】菩薩の祈りに生きることと、修羅のごとき己れの存在／91
【Ⅱ】菩薩への思慕と修羅の悔恨／104
【Ⅲ】「春と修羅」と法華経の世界／118
第三章　妹トシと信仰の深まり…128
＝「永訣の朝」前後＝
【Ⅰ】「永訣の朝」／128
【Ⅱ】「無声慟哭」／137
第四章　『銀河鉄道』断章…142
＝「十界」の描写と宇宙観＝
【Ⅰ】宇宙観と法華経の世界／142
【Ⅱ】『銀河鉄道の夜』の背後にある『法華経』「如来寿量品」の世界／144

【Ⅲ】『銀河鉄道の夜』の構成／146
【Ⅳ】『銀河鉄道の夜』と死の問題／157
【Ⅴ】法華経解釈の「十界」と銀河系宇宙／164
第五章　デクノボー精神と不軽菩薩思慕…169
＝「雨ニモマケズ手帳」＝
【Ⅰ】写経からはじまる『雨ニモマケズ手帳』／169
【Ⅱ】苦痛とのたたかい／173
【Ⅲ】幻想・妄想からの脱却／176
【Ⅳ】不軽菩薩思慕／180

Ⅳ　賢治の祈り

第一章　仏陀釈尊への帰命と地涌菩薩尊崇…190
＝賢治のいただいた菩薩の祈り＝
【Ⅰ】「法華文学ノ創作、名ヲアラハサズ」／191
【Ⅱ】法華経への目覚め／195

目次

【Ⅲ】菩薩への憧憬／198
【Ⅳ】上行菩薩と常不軽菩薩／206
第二章　病床での苦悩…208
＝賢治における生と死＝
【Ⅰ】賢治の童話に見る「死」の意識と祈り／208
【Ⅱ】死の覚悟／210
【Ⅲ】「遺言」／212
【Ⅳ】生死を一貫するイメージ／215
【Ⅴ】『雨ニモマケズ手帳』にみる生と死／219
あとがき…222

装丁／マルプデザイン（清水良洋）

まえがき

宮澤賢治は法華経の詩人とうたわれている。青年時代に法華経に傾倒し、田中智学の国柱会の会員となり、その大きな影響を受けた。しかしその活動は、いわゆる宗教活動のなかに入り込むことではなかった。法華経に目覚めたその理想に生きることが賢治の生涯をつらぬいたのである。

宗教とか仏教というと、今日でもなお、普通の日常生活から離れた特殊な修行生活をイメージする人が少なくない。賢治も信仰に熱くなったときには、周知の通り故郷を出奔して東京・上野に近い、上野桜木町に本部を置いていた国柱会で働きたいと願い出たのであった。当時の状況は、そうした希望者も多かったというが、応対に出た高知尾智耀から、賢治は社会人としての生活を通じて、法華経に生きることを諭されたのであった。これが賢治の生涯の生き方を決定することになった。

高知尾智耀の指導を得てのち、賢治は筆耕などの仕事をしながら、月に三千枚の原稿を書いたというのであるから、その驚異的な筆の速さに驚嘆する。

妹の病気の報せを受けて故郷の岩手県花巻に帰った賢治は、妹トシの死に遇うが、その悲しみを詩に詠んで、法華経による永遠の安息を祈った。あの有名な「永訣の朝」という詩を学校で学んだ人も多いことであろう。

賢治は生前、わずかに二冊の書物を上梓している。童話『注文の多い料理店』と詩集『春と修羅』の二冊である。その時点で賢治に注目した人もいたが、文壇の潮流は私小説的な動向や国民歌謡の運動などで、賢治の作品が中央の潮流に受け入れられることはなかった。賢治の作品は、とうてい文壇の潮流からすると理解できない世界であったといわれている。

基本的には、なによりも賢治の作品がすべて、法華経の祈りに根ざしているものであるといえるであろう。しかもその祈りの世界を、直接的な表現で表わすことはない。気象や地質学や先端的な宇宙物理学など、科学的なイメージをともなってその世界を描いたり、美術や音楽など、芸術的な感覚で描いたりしていて、当時の流行とはかなり隔たった作品になっていたためであろう。

なによりも賢治の存在を日本中に広めることとなったのは、あの「雨ニモマケズ」という詩によってである。賢治が亡くなって一周忌を記念しての東京での同志の集まりの場所（新宿の喫茶店「モナミ」）で、トランクの中から発見された『黒い手帳』の中に鉛筆書きされていた詩は、大きな反響を呼んでいった。哲学者の谷川徹三（後に法政大学総長）が日本女子大学で講演した内容が人びとの心に共鳴を与えたのである。そうして「法華経の詩人・宮澤賢治」の名声は、今日まで多くの人びとに影響を与えてきた。

賢治に関する研究や著作は文字通り汗牛充棟《かんぎゅうじゅうとう》をきわめている。研究水準も初期のきわめて素朴な共感や疑問の段階から、綿密な資料検証によって賢治像を確かなものにしていった第二世代に進み、さらに第三世代、第四世代へと進んで、現在ではさらに詳細な研究が推進されている。とうてい筆者などには目を通すこともおぼつかないような状態に展開している状況になっている。文学は申すに及ばず、音楽的側面や自然科学、さらに社会福祉などの実に広範囲からの研究が雲集している感じである。

この上にさらに何事かを論ずることが可能かという気もするが、賢治の文学をより深く理解するためには、法華経思想からのアプローチが必須であるとの観点から、著者の専攻の範囲である『法華経』の側面について、先学たちの地味で長い年月を要した賢治の文献を忠実に再現する作業や、その足跡について驚くほど詳細な調査を行なって来られた基礎に立ちながら、たどってみたいと思う。

I 賢治と法華経

第一章　仏教との縁《えにし》

【Ⅰ】賢治の生涯と仏教とのふれあい

賢治の法華経信仰をみる前に、まず賢治がどうして仏教に関心を懐くようになったのかを探る必要がある。その生涯の軌跡を追いながら、仏教との出会い・ふれあいを確かめてみよう。

宮澤賢治は明治二十九年（一八九六）八月二十七日（戸籍上は八月一日だが、調査の結果、実際は八月二十七日であるというのが最近の結論である）、岩手県稗貫郡《ひえぬきぐん》川口村川口町三〇三番地（現在の花巻市豊沢町四丁目十一番地）で政次郎・イチの長男として生まれた。

祖父喜助が興した古着商を受け継いで商人として成功を収めていた父政次郎はなかなかの人物で、当時、浄土真宗の東北地方総監として盛岡の願教寺に赴任した島地黙雷《しまじもくらい》を講師に迎えて仏教講習会を起こし、以後、当時盛名を馳せていた暁烏敏《あけがらすはや》・島地大等《だいとう》らを招請して花巻郊外の大沢温泉に一週間の講習会を毎年行なっているなど、かなり開明的なことをやっている。

賢治は青年期に父の信仰からの脱却を図るのであるが、しかし、幼年期に伯母宮澤ヤギ（後に再婚して平賀ヤギ）に抱かれて口移しに覚えた浄土真宗の開祖・親鸞聖人の「正信偈《しょうしんげ》」、同じく浄土真宗本願寺第八世・蓮如上人の「白骨《はっこつ》の御文章《ごぶんしょう》（御文《おふみ》）」はどれほど賢治の心根に沁み込んだであろうか。ここから、さらに賢治は当時の家の環境や、地域の人々の暮らしを見ていくなかで、大いに煩悶を重ねるのである。

そしてある日、父の友人から父のもとに送られて来た島地大等編の『漢和対照　妙法蓮華経』（大正三年、明治書院刊）に魅せられ、さらに大正九年（一九二〇）十二月には日蓮主義の在家宗教団体、国柱会《こくちゅうかい》に入信する。大正十年（賢治二十五歳）は賢治にとって画期的な年であった。すなわち、一月二十三日、東京の国柱会での奉仕を願って家出。昼は本郷の小出版社で働き、夜は国柱会に奉仕。また驚異的な執筆活動に没頭した。四月、父政次郎に伴われて聖徳太子千三百年忌・伝教大師千百年遠忌の参拝をする。八月、最愛の妹トシ危篤の知らせで帰郷。十二月三日より、稗貫郡立稗貫農学校（三年後に岩手県立花巻農業学校となる）の教諭となる。

翌大正十一年十一月十九日、トシ、下根子桜《しもねこざくら》の別宅で永眠。

大正十三年（二十八歳）四月、心象スケッチ『春と修羅《しゅら》』を刊行。十二月、イーハトヴ童話『注文の多い料理店』刊行。

大正十五年三月、花巻農学校を依願退職。四月豊沢町の実家から、下根子桜の別宅に移り、独居自炊の生活に入る。ここで、羅須地人《らすちじん》協会の活動が展開され、農民への指導や、さらには肥料会社の計画などにも熱中する。

昭和六年（一九三一・三十五歳）九月二十日、神田駿河台の八幡館という宿で発熱。翌二十一日、父母等に遺書を書く。二十七日の電話に驚いた父の手配で早速、夜行寝台に乗せられ、二十八日に帰郷。自宅で病床に就く。

昭和八年（一九三三）九月二十一日、逝去。

右にみたように、賢治の仏教との最初のふれあいは、伯母ヤギに養育されたことにある。ヤギは一度結婚したものの、離婚して宮澤家に入り、毎朝、嬰児《えいじ》の賢治を抱きながら、蓮如上人の「白骨の御文章」を諳じ、賢治は少し大きくなると親鸞聖人の『教行信証《きょうぎょうしんしょう》』の重要箇所である「正信偈《しょうしんげ》」の勤行《ごんぎょう》の声を聞きながら育てられた。もちろん伯母ヤギの信仰は父政次郎の信仰と同じであって、賢治の成長と符合するかのように、父政次郎は浄土真宗の学者を招いて毎年仏教講習会を開催したのであった。不思議なことに賢治の法華経を生きる生涯のもとはここで形成されたといってもよいであろう。

【Ⅱ】宮澤家と仏教講習会

賢治が生まれて三年後の一八九九年（明治三十二）から花巻近郊の大沢温泉で、学生対象の講習会が始められた。目的は中学校、農学校、師範学校、陸軍幼年学校等の学生・生徒に、休暇中の補習の機会を与えて、学力向上を図り、人物の育成を図ることにあった。その推進者は若手実業家の中心をなす宮澤一族で、有識者の参加を促したという。経費は宮澤一族が負担し、計画のすべてについても一族が中心になった。

明治時代後期、日清戦争が終わり、日本が世界の列強諸国に伍して発展を遂げようとする時代である。たしかに明治維新後、新政府は各省を設置して国としての統一性を整えたが、その後の世界状況への参加にともない、さらに日清戦争を経験して、国防戦略や社会整備に力を尽くさねばならなかった。民間の成長も、政府の動向を見ながら努力を重ねていくことが求められた。そうした一連の時代風潮のなかにあって、宮澤一族が長期計画の一貫としての人材教育に意を注ぎ、学力成長を図ったものと推量できよう。

講習会の第一回（明治三十二年・一八九九）は参加者七十名で、テーマは教育史・熱学・歴史学・

奥羽史・博物学・経書解題など。講師は現役の教師でもあり、学校の講義の延長のようだったのであろうか。しかし、評判がよくなかったらしい。教育振興の計画がさほど整えられていなかったために、頭でっかちの企画に終わった感があるということである。第二回もこのプログラムを踏襲し、講師は陸軍聯隊正司令官というのだから、聴衆激減も想像できる。第三回は新聞に記録がないということからも、その状態は、推《お》して知るべしということであろう。

そこで第四回（明治三十五年・一九〇二）から対象を大人に変更し、仙台二高教頭の「実践倫理」、妙心寺講習所長の「仏教講話」。第五回は「人は何のために生まれ、何のために死するか」『精神界』記者、「失題」近角常観《ちかずみじょうかん》が招かれている。第六回は「毒語心経」釈宗活《しゃくそうかつ》、「歎異抄」講話、近角常観、というふうに仏教講話が主になっていったらしい。ちなみに第八回に暁烏敏《あけがらすはや》、第十一回に村上専精、第十三回に島地大等、第十七回（大正四年・一九一五年）に椎尾弁匡《しいおべんきょう》、第十八回（大正五年）に桜井肇山が招聘されている。これらのなかでも、以下の各師は当時の仏教界を代表する高僧として知られている。

近角常観（一八七〇～一九四一）東京帝国大学在学中から清沢満之《きよさわまんし》らと東本願寺の改革運動に参加。同寺の留学生として欧米の宗教事情を視察。東京本郷に求道学舎を創設。雑誌『求道』を発刊して『歎異抄』を中心に親鸞精神を説いて、大きな影響を与えた。

暁烏敏（一八七七〜一九五四）　清沢満之に師事し、東京で多田鼎《ただかなえ》、佐々木月樵《げっしょう》らと浩々洞《こうこうどう》を結成。仏教の近代化を求める精神運動をすすめ、講演（説教）と執筆によって一世を風靡した。真宗大谷派僧侶。

村上専精（一八五一〜一九二九）若くして富山県高岡高等学校校長になるなどの名声を得たが、「仏教統一論」を掲げ、真宗大谷派の僧籍を抜けたこともある。東京帝国大学教授。帝国学士院会委員。大谷大学学長などを務めた。

島地大等《だいとう》（一八七五〜一九二七）　浄土真宗本願寺派の僧。明治初年に本山改革を求めた島地黙雷の養子。天台学の第一人者として名声高く、各大学の教壇に立った。

椎尾弁匡（一八七六〜一九七一）　大正大学学長。衆議院議員（三選）をも務めた。浄土宗大本山増上寺八十二世。宗教のラジオ放送に先鞭をつけるなど、輝かしい活動を展開した。

【Ⅲ】時代の精神

ともかく、こうした仏教講習会が毎年一週間、大沢温泉で行なわれたということは、驚きをもって聴くべき事項であるように思う。

後に賢治が影響を受ける田中智学は、賢治五歳の明治三十四年三月に執筆した『宗門之維新』

を同年五月に刊行している。同書は単なる宗門批判にとどまらず、時代を革新する精神の提唱を行なうものであった。田中自身、同書の中で、

予ノ改革論大綱ハ、『宗法』ニ於テ『復古的態度』ヲ採り、『制度』ニ於テ『進歩的態度』ヲ採リ、而シテ全体ニ於テ退嬰主義ヲ破シテ、『侵略的態度』ヲ採ラントスルモノ也。

と述べている。その上に、田中智学は改革の構想を具体的に呈示しているのである。『宗門之維新』で提唱されるこうした時代に対する批判と提言は、宗門内の僧侶に対してよりも、言論界のオピニオンであり、時代の寵児であった高山樗牛《たかやまちょぎゅう》に大きなショックを与えたのであった。

高山樗牛は翌年の明治三十五年（一九〇二年）に死去してしまうが、わずかに一年余に過ぎない高山樗牛の日蓮研究への傾斜は大きな影響を遺した。彼の親友、姉崎正治（後に東京帝国大学宗教学科初代主任教授となる）は留学先のドイツで樗牛の熱心な日蓮への傾倒に刺激され、指導教授の勧めを受けて日蓮研究を始め、アメリカのハーバード大学出版部から〝Nichiren, the Buddhist Prophet〟（仏教の予言者日蓮）を刊行したのであった。それと同時に日本文で書きおろしたのが有名な『法華経の行者《ぎょうじゃ》日蓮』である。（同書は、田中智学の高弟、山川智應の指導により、版を重ねるごとに修正を加えておおいに普及し、今日では講談社学術文庫に加えられている。）

いささか横道に逸れたが、ともかくこの頃の時代の雰囲気には改革志向が高まっていたのであ

る。時代の不思議さがそこにはあるのであろうか、東本願寺の系統では、明治三十四年に清沢満之が同人誌『精神界』を発刊し、精神主義の運動を開始している。明治三十五年はあたかも日蓮聖人立教開宗六百五十年の年に当たるのであるが、そのほかさまざまな動きが見られるのである。

こうしてみると、賢治が仏教信仰を植え付けられた頃の信仰運動には、今日の我々には想像できない、時代の精神性を求める心情と革新性があったのではなかろうか。その時代を見る目、大らかな宇宙的感覚の中で人間を見つめ続ける目が賢治の作品に感じられるのには、そうした時代の背景があることをしみじみ感ぜずにはいられない。

第二章　法華経への目覚め

【Ⅰ】島地大等の感化と法華経との出会い

前述の精神性を求める時代背景には明治二十七、八年（一八九四〜五年）の日清戦争があったのであろうが、賢治の小学校二、三年の頃、明治三十七、八年（一九〇四〜五年）には日露戦争が日本国中を沸きたたせた。盛岡中学校に入学したのは明治四十二年（一九〇九年）である。石川啄木の短歌に影響を受けた賢治は明治四十四年の大逆事件に見られるような時代の厭世的な気分にもふれたことであろう。そうしたなかで、盛岡市北山の清養院（曹洞宗）、同北山の徳玄寺（浄土真宗）に下宿し、報恩寺（曹洞宗）の尾崎文英について参禅。一方ではツルゲーネフなどのロシア文学に耽溺《たんでき》したという。

明治四十五年（賢治は盛岡中学四年生）十一月三日、父政次郎宛ての手紙には、佐々木電眼という、島地大等師とも知り合いの人物から静座法を受ける約束をしたことを認《したた》めた後で、次のように父の心配を推量し、文学への傾斜を快く思っていないであろうと述べ、しかし、決して危険な思想などに近付くことなどするつもりはないから安心するようと言い、親鸞聖人の心を記録した『歎《たん》異鈔《にしょう》』（『歎異抄』とも）の第一頁を自分の信仰の全てとしていることを伝えている。

多分この手紙を御覧候はゞ近頃はずいぶん生意気になれりと仰せられ候はん。又多分は小生の今年の三月頃より文学的なる書を求め可成大きな顔をして歌など作るを御とがめの事と存じ申し候。又そろそろ父上には小生の主義などの危き方に行かぬやう危険思想などはいだかぬやうと御心配のことゝ存じ申し候

御心配御无用に候　小生はすでに道を得候。歎異鈔の第一頁を以て小生の全信仰と致し候もし尽くを小生のものとなし得ずとするも八分迠は得会申し候　念仏も唱へ居り候。仏の御前には命をも落すべき準備充分に候　幽霊も恐ろしく之れ无く候　何となれば念仏者には仏様といふ味方が影の如く添ひてこれを御護り下さるものと承り候へば報恩寺の羅漢堂をも回るべし　岩手山の頂上に一人夜登ること又何の恐ろしき事かあらんと存じ候……然し私の身体は仏様の与へられた身体にて候　同時に君の身体にて候　社会の身体にて候

（『新校本宮澤賢治全集』第十五巻【書簡6】本文篇16頁）

『歎異鈔』の第一頁には、「さいわいに、身をもって導いてくださる、よき師・よき友に出会うということがなければ、どうして、行じやすい念仏の教えに入門して、正しい信心をうることができようか。まったく、自分勝手な考えにとらわれて、浄土真宗（絶対他力）の精神を、とりちがえてはならない。……」（伊東慧明、現代訳、真宗教団連合編『歎異鈔』）とあるから、父から繰返し語られた親鸞聖人の示された絶対他力の信仰を喪ってはならないという趣旨を「歎異鈔第一頁」に示されたことと言ったものであろう。

年譜を見ると、前掲の父政次郎への手紙を書いた明治四十五年八月一日～七日にかけて、島地黙雷の死後、島地大等が住職していた盛岡市北山の願教寺で「仏教夏期講習会」が開かれた。島地大等が一週間にわたって行なった『歎異鈔』の講義の席に賢治は列なっていたのである。それから三箇月後の賢治が父政次郎に浄土信仰への帰依は全く変っておりませんと書いたのは当然のことといえよう。なお、大正四年の同月同日の「夏期仏教講習会」にも賢治は参加しているが、その感激を賢治はいつの日か短歌に詠んでいる。

本堂の　高座に　島地大等の

ひとみに映る　黄なる薄明

そうこうしている間にも、賢治は青年期にありがちなアンビバレンツな精神状態がつづいたといわれる。父や家族は賢治が家業を継いで人並みな平凡な生活をすることを望んだ。しかし、賢治の心はそうしたあまりにも実際的な進路の選択を許さなかった。大正三年（一九一四年）三月に盛岡中学校を卒業した後、四月に賢治は肥厚性鼻炎の手術のために入院。また盛岡高等農林学校への進学問題で父子がお互いに悩んだことであろう。

この年、おそらく九月頃、賢治は島地大等編『漢和対照　妙法蓮華経』（大正三年八月、明治書院発行）を読んで「身震いするような感動を得た」といわれている。この『法華経』は、父政次郎の同信の人が尊敬する島地大等の新刊を送ってきたものだということである。

賢治は父からこれを受け取って読み、身震いするような感動を得たというのだが、その感動とはどういうものだったのか、なぜそのような感動を受けたのかということについては賢治は何にも語っていない。そのために、そのことをめぐってさまざまな解釈が行なわれているが、栗原敦（実践女子大学教授）は、賢治がそのとき初めて教主釈尊を見上げ、教主釈尊を中心とする宇宙法界《ほっかい》を見たのだろうと思うと語ったことがある。法華経の描く仏陀観は、壮大な宇宙観を伴い、しかも賢治がしばしば語るように「十界成仏《じっかい》」（本書四十九頁〜参照）の全体像が見事に明らかにされているのである。筆者としてはむしろ実践的な菩薩の姿などに心を打たれたのだと思いたかったのであるが、そうした仏教的世界観を描く根源となる釈尊のイメージが見事に賢治の心を捉えたものであろう。

大正四年、受験勉強の甲斐あって、四月に盛岡高等農林学校農学科第二部に首席入学。明治時代なかばから日本の高等教育行政は、時代にマッチした体制をとろうとして苦慮しながら、学制改革を次々と進めて来ており、各地に公立中学校を設置した後、この頃は専門教育のための高等学校をつくっていく時勢であったのである。ここでの関豊太郎教授との出会いが賢治に科学の眼を開かせ、やがて農業指導の人生を開かせていくのであるが、賢治の宗教への関心はそれまでと同様で、前述したようにこの夏にも願教寺での「仏教夏期講習会」に参加している。

大正五年（一九一七年）になると、盛岡高等農林の二年生になった賢治は毎朝、寮で法華経の読経をしたというし、山内修編著『宮沢賢治』によれば、同級生の一人は、

（既に一年生の時から）日蓮宗の非常な信仰者で、何かの拍子で授業の合間にお経を唱えることが屡々だったが、すらすらと聊かの淀みもなきその流暢さに私達は驚くよりも寧ろ呆気にとられたものであった。当時の学生で宗教に心を打ちこむなど誠に異例に属していた。

と証言しているという。しかし、報恩寺で坐禅を組むこともしばしばであったというし、

（来栖義一「宮沢賢治君の横顔」）

いまはいざ僧堂に入らんあかつきの
　般若心経夜の普門品

という短歌などから推察しても、心行くまでさまざまなアプローチを試みていた時期のようである。

大正五年五月三十日から、祖父の病気、母の病臥で、家族が反対するのを振り切って上京し、ドイツ語の夏期講習会などに参加しながら一夏を過ごした。賢治はその理由として、

「私はどんな束縛をも冷静な科学に対する義務と云ふやうな事を口実として断ち切りました」

（八月初め頃の高橋秀松あての手紙）

（『新校本宮澤賢治全集』第十五巻【書簡17】本文篇 25頁）

やがてそれから五年後の大正十年（一九二一年）一月、「何としても最早出るより仕方ない。あしたにしやうか明後日にしやうかと二十三日の暮方店の火鉢で一人考へて居りました。その時頭の上の棚から御書が二冊共ばつたり背中に落ちました。さあもう今だ。今夜だ……」と記しているように、賢治が心の寄辺となった東京鶯谷の国柱会目指して家を出た状景は、井上ひさしが『イーハトーボの劇列車』において巧みに描いている。なお、御書とは、日蓮聖人の遺文集のことである。こうした行動の軌跡は、賢治が新しい息吹を日本の中枢である東京で体得したいという願望を示すものとして理解することは許されないであろうか。

【Ⅱ】「聖道門の修業《（原文ママ）》者には弱いのです」

前出の高橋秀松苑ての手紙を見ると、この頃、賢治は、ある意味での宗教遍歴、といって言い過ぎとすれば、父から受けた教えに迷いを生じていたようである。すなわち大正四年十月二十一日に妹トシ宛ての手紙には細かい配慮の行き届いた指導を書いている賢治が、同年十二月二十七日の高橋宛てには、

「これは又愕ろいた牧師の命令で。」

如何にも君の云ふ通り私の霊はたしかに遥々宮城県の小さな教会までも旅行して行ける位この暗い店さきにふら〳〵して居りまする。忘れて居りましたが先日は停車場辿何ともありがたう。「優しき兄弟に幸あら（ん）ことを　アーメン」

（『新校本宮澤賢治全集』第十五巻【書簡12】本文篇21頁）

と書いている。短文だが、宮城県名取郡増田町の高橋の実家まで足を伸ばしたのであろうか。

さらに大正五年の一月一日、三月十四日の葉書につづいて、四月四日の葉書には次のように述べている。（なお賢治は「修行」を「修業」と書いている）。

……この旅行の終りの頃のたよりなさ淋しさと云つたら仕方ありませんでした。富士川を越えるときも又黎明の阿武隈の高原にもどんなに一心に観音を念じてもすこしの心のゆるみより得られませんでした。聖道門の修業者には私は余り（修行者には私は余りにも？＝以下同、筆者註）弱いのです。東京のそらも白く仙台のそらも白くなつかしいアンモン介や月長石やの中にあつたし胸は踊らず旅労れに鋭くなつた神経には何を見てもはたはたとゆらめいて涙ぐまれました。こんなとき丁度汽車があなたの増田町を通るとき島地大等先生がひよつとうしろの客車から歩いて来られました。仙台の停車場で私は三時間半分睡り又半分泣いてゐました。宅へ帰つてやうやく雪のひかりに平常になつたやうです。昨日大等《だいとう》さんのところへ行つて来ました。

（『新校本宮澤賢治全集』第十五巻【書簡15】本文篇 23頁）

三月十九日から三十一日までの修学旅行の直後の葉書であろう。東京から興津を経て、京都、奈良、大阪、そして京都へ戻る間に、各地の農事試験場などを訪問したようである。後半は有志で伊勢、鳥羽、蒲郡、三島、箱根に観光旅行をし、箱根八里を徒歩で越えてから東京を経て花巻に帰ったという。この葉書の「聖道門の修業者には私は余り（にも？）弱いのです」という言葉が気に掛かるのである。

盛岡中学四年生（明治四十五年）の時には、父宛に「歎異鈔の第一頁を以て小生の全信仰と致し候」と断言し、だから心配は御無用にと言った賢治であったが、それから満四年間の青年期の間に、賢治の心の中に大きな変化が起きたのであった。「歎異鈔の第一頁……」は親鸞聖人が「絶対他力への安住」を説き、そのことを破る者はたとえ我が子、善鸞といえども決して容赦することはできないという厳しい信仰態度に従うという内容である。それに対して賢治は今、「聖道門の修業者には私は余り弱いのです」と、絶対他力の浄土門への懐疑を示しているのである。

その二年後、大正七年（賢治二十二歳）になると賢治は明確に法華経信仰を明らかにし、法華行者として生きることを明言するのである。この年三月に賢治は盛岡高等農林学校を卒業することになるが、二月一日の父宛ての手紙によると、父政次郎は卒業後も研究生として残ることによって徴兵を忌避せよと勧めたもののようである。賢治は指導教授の関豊太郎教授の勧める土性調査の仕事よりも、将来、自立の役に立つ飴製造工業などの準備を考えていたようである。

この手紙に続いて、その翌日、二月二日にさらに父宛の手紙を書いている。とにかく賢治は筆まめで、書くのが速かった様子がうかがえる。この手紙で父に逆らい、二度にわたって瀕死の病にかかった際に手厚い看病を受け、あまつさえ父に伝染させてしまった不孝を詫びながらも、自分の気持としてはすぐさま出家したいという気持でいっぱいだが、今の時代は僧の身では、かえって真剣に耳を傾けない傾向がつよいから、まず生活の自立をすることが肝心だという父の訓誡を大切にしたいと考えているということを述べ、「元来小生の只今の信も思想も父上の範囲を出で申さず」と記している。

けれども、御恩に報いるためには、世間的な孝養ではなく真理に殉ずることこそが大切なことだという日蓮聖人の『報恩抄』等に語られる論理に賢治の心は決定していたことが、これに続く文章によって知られる。

報恩には直ちに出家して自らの出離の道をも明らめ恩を受けたる人々をも導き奉る事最大一なりとは就れの宗とて教へられざるなき事に御座候　小生にとりては幸にも念仏の行者たる恩人のみにて敢てこの要もなく日本一同死してみな極楽に生るゝかと見え候へども斯てだも尚外国の人人総て之れ一度は父一度は母たる事誤なき人人はいづれに生れ候や　ましては私の信ずるごとくば今の時念仏して一人か生死を離るべきやと誠に誠に身の置き処も無之次第に御座候

願はくゞ（「願はくば」の意味か）誠に私の信ずる所正しきか否や皆々様にも御判断下され得る様致したく先づは自ら勉励して法華経の心をも悟り奉り働きて自らの衣食をもつくのはしめ進みては人々にも教へ又給し若し財を得て支那印度にもこの経を広め奉るならば誠に誠に父上母上を初め天子様、皆々様の御恩をも報じ折角御迷惑をかけたる幾分の償をも致すことゝ存じ候

（『新校本宮澤賢治全集』第十五巻【書簡44】本文篇46〜47頁）

賢治が父母を思い家族を思いながらも、法華経信仰に目覚めた今、法華経に全身全霊を捧げた

いという苦悩が描かれている文章である。その後も次々と父に手紙を書いているが、実務的な内容が多い中で、三月十日の手紙の中に、法華経信仰の決意がさらに強く述べられている。

聖道門の修業千中無一と召思され候はゞ誠に及び難き事を悟らせ下さる事こそ御慈悲に御座候　斯て仏を得べしと信じ喜び勇みて懈怠上慢の身を起し誠の道に入らんと願ひ候ものを只一途に御止め下され候事は止むなき御慈悲とは申せ実は悲しき事に御座候……この前にも申し上げ候通り私一人は一天四海の帰する所妙法蓮華経の御前に御供養下さるべく然らば供養する人も供養の物も等しく光を放ちてそれ自らの最大幸福と一切群生の福祉とを齎すべく候

（『新校本宮澤賢治』第十五巻【書簡48】本文篇　52～53頁）

賢治に対する父からの批判は「聖道門の修業千中無一」ということであったことが、これによってよく分かる気がする。これこそが浄土門の信仰の原点であるからである。この批判を賢治は完全にこの時点で乗り越えてしまったことが分かる。

この後、級友保阪嘉内《ほさかかない》への手紙の中に、賢治の法華経信仰がつよく語られ、また大正九年（一九二〇年）の夏、田中智学の『本化摂折論』その他を抜粋して「摂折御文《しょうしゃくごもん》　僧俗御判」を筆写し、同年十月二十三日、国柱会に正式な会員として入会した。因みにこの日は旧暦の九月十二日にあたり、日蓮聖人が最大の法難である龍口法難を受けた日から六百五十年に当たる記念日であった。そしてさらに、翌大正十年一月には、賢治は東京の国柱会本部を目指して上京するのである。

【Ⅲ】賢治の法華経文学

法華経を理解しなければ宮澤賢治の文学を理解することはできない、ということはこれまでもしばしば指摘されてきた。賢治没後、間もない頃から賢治の宗教的側面が指摘されてきたのである。その後、いろいろな議論が巻き起こったが、最近では賢治の童話の背後にある法華経の思想との関連を考察することが今後の課題であるとも指摘されている。すでに、分銅淳作《ふんどうじゅんさく》の『宮澤賢治と法華経文学』など、賢治の作品に投影する法華経の思想などを描いた著書・論文など、枚挙にいとまがないほどである。

ところで、あらためて賢治の作品やメモを通じて、法華経との関連を見つめていこうとすると、手中にしっかりと収められそうでいて、法華経のイメージの彼方へ飛翔してしまう感もなくはない。その理由は何処にあるのだろうかと、繰り返し問い続けてみて、賢治は法華経のイメージを描いているのに、法華経の用語は極力避けているということに気付くのである。このことはしばしば指摘されていることではあるが、この点を具体的に詰めていくことも重要であると思うようになってきた。法華経をそのまま引用したり、そこに描かれている物語をすぐさま紹介したりしないのは何故なのか。その点を思いつくままに挙げてみよう。

(1) 周知のとおり、賢治が東京の上野桜木町（現在のＪＲ鶯谷の駅前）にあった国柱会本部を訪ねたとき、本部職員に登用されることはないと断わられたが、高知尾智耀に面談することができて、同師から「法華経をそのまま宣伝したり、宣布する態度で作品を書くこと」を戒められたといわれている。「雨ニモマケズ」手帳にある「断ジテ教化ノ考ヘタルベカラズ」として、高知尾智耀の教訓に忠実に従った点が、こうした事実の背後にあるというふうに理解されていると考えられよう。

(2) その背景として、国柱会を主宰していた田中智学の国性文芸という手法があった点に注意を払う必要があるであろう。田中は自身の手によって、祖師・日蓮聖人の伝記（これを「祖伝」とよぶ）を長唄などにして、機会を得て演奏させていたのである。

(3) 高知尾が賢治との対話を通じて、敏感に賢治の特性を見抜き、法華文学のジャンルを開拓することを慫慂《しょうよう》したことも十分に有り得るであろう。それは、これまでの古典的な日本文芸とは違った意味で人びとの心を打つことになるかもしれない、と考えた可能性もあっていいと思う。ただ、この時点では、賢治は当時名声を馳せた国柱会に雲集する青年の一員にしか過ぎず、過分な期待があったとは考えられない。しかしそれでも、その方向性を大切にする姿勢をもって、文芸関係の担当者である高知尾がそのような示唆を語ったことは十分に有り得ると思うのである。

(4) 賢治はその教えを忠実に守ったのだと思われる。賢治が生存中に出版された詩集『春と修羅』と童話『注文の多い料理店』のいずこにも法華経の要句などが、一切出てこないのに驚く。何度も書き直していった『銀河鉄道の夜』にも、直接的な法華経の要句は出てこない。そのように、おそらく文学作品として意図された作品の中には法華経はそのままには語られていないのである。

(5) ところが、これらの作品を読み込んでいくと、実は法華経物語なのである。法華経の言葉を使わないで法華経を語るとはどういうことなのか。法華経の用語を解説するのと、その心を普通の言葉で語り尽くすという法華文学とのその差は、あまりにも大きいものがある。

⑹ 法華経の語句に直接ふれているのは、メモや手帳などに記される信仰告白においてである。ただ、それらと作品との関連を切り開いていかないと、賢治の文学を根底から理解することにならないであろう。

これらの諸点を押さえながら、具体的に法華経の語句を引用する諸作品を通じて、賢治が法華経のどこに力点を置いたのかをひもといてみたいと考える。

【Ⅳ】「根原の法華経」

至心に帰命し奉る万物最大幸福の根原妙法蓮華経　至心に頂礼し奉る三世諸仏の眼目妙法蓮華経　不可思議の妙法蓮華経もて供養し奉る一切現象の当体妙法蓮華経

保坂（原文ママ）さん　私は愚かな鈍いものです　求めて疑って何物をも得ません　遂にけれども一切を得ます　我れこれ一切なるが故に悟った様なことを云ふのではありません　南無妙法蓮華経と一度叫ぶときには世界と我と共に不可思議の光に包まれるのです　あゝその光はどんな光か私は知りません　只斯の如くに唱へて輝く光です　南無妙法蓮華経南無妙法蓮華経　どうかどうか保坂さん　すぐに唱へて下さいとは願へないかも知れません　先づあの赤い経巻

は一切衆生の帰趣である事を幾分なりとも御信じ下され本気に一品でも御読み下さい　そして今に私にも教へて下さい。

（『新校本宮澤賢治全集』第十五巻【書簡50】本文篇59〜60頁）

保阪嘉内への書簡は七十二通あって、父政次郎あて書簡一〇三通に次いで二番目に多いのであるが、そのなかの一つに記されたのが今の文章である。保阪とは盛岡高等農林学校農学科の同級生で、同人誌「アザリア」の仲間である。保阪は盛岡農林を退学になったが、農業への情熱を捨てなかった。賢治が保阪に執拗に法華経への帰信を勧め、赤い経巻（島地大等編『漢和対照妙法蓮華経』）を贈った背景には賢治が心を許した仲間であるという関係あってのことであったであろう。

普通、法華経といえば、経典の名前であると理解するであろう。しかし、中国（隋の時代）の天台大師智顗《ちぎ》（五三八〜五九八年）は、法華経の教えを『妙法蓮華経玄義《げんぎ》』『妙法蓮華経文句《もんぐ》』『摩《ま》訶止観《かしかん》』という三大著述（これを「三大部」とよぶ）によって究明し、それは、のちの天台宗系の法華経解釈の拠り所となった。このなかでとりわけ『妙法蓮華経玄義』（以下においては「法華玄義」とする）において、妙・法・蓮・華・経の五文字の一つ一つの意義を解明していく。そのようにな詳細な解釈をする必要があるのは、法華経という経典は畢竟、「妙法蓮華経」という〈根源の妙法蓮華経〉という教えがあって、その教えの内容を説き明かしたのが「法華経」（詳しく云えば妙法蓮華経）という仏典なのであることを明らかにするのである。

このようなことは現代仏教学界において認められるのであろうか、という疑問が必ず起きることであろう。故平川彰（東京大学教授）はこのことについて、「法華経における「一乗」の意味」（法華経研究シリーズ『法華経の成立と展開』平楽寺書店刊所収）という論文を発表し、根源の教法である「妙法蓮華経」と、それを説き明かして伝えるための『妙法蓮華経』という相互の関係を明らかにしているのである。

このような趣旨を根幹とし、鎌倉時代において、日蓮聖人は法華経の精髄を凝結した妙法蓮華経の意義を明らかにしようとし、南無妙法蓮華経と唱える信を凝集したのである。この点について、賢治は田中智学の『妙宗式目講義録』（その後、『日蓮宗教学大観』と改称）を熱心に閲読している。それらを基礎として「法華経」の意味をよく理解していたことは想像に難くない。そこに賢治が法華経について次のような三つの要句を提示した意味を汲み取ることが重要であろう。

「至心に帰命し奉る万物最大幸福の根原妙法蓮華経」

すべて生きとし生けるものにとって、最大の幸福の根源をなす妙法蓮華経を信じ切ります、というほどの意味であろうか。要するに、仏教教理論議が問題ではなくて、われわれ一切衆生が幸福に生きる、その根源こそ「妙法蓮華経」という教えなのだということを、きわめて簡潔に意義付けているということなのである。

「至心に頂礼し奉る三世諸仏の眼目妙法蓮華経」

次に、この「妙法蓮華経」こそは、過去・現在・未来の三世にわたる諸々の仏陀が説いた諸経典の白眉をなすものであり、眼目を明らかにしていることを強調している。

「不可思議の妙法蓮華経もて供養し奉る一切現象の当体妙法蓮華経」

第三に、この不可思議の妙法蓮華経はただどこか彼方に存在するものではなくて、「一切現象の当体妙法蓮華経」として存在しているのだと記述し、いかにも詩人らしい表現で保阪嘉内に入信を迫っているのである。「一切現象の当体妙法蓮華経」とは、〈根源　妙法蓮華経〉がわれわれの生きているすべての現象そのものとして、現実に生き生きとわれわれを取り巻いていることを強調するものである。この世界は単に無機質に存在しているのではなくて、妙法蓮華経（の展開）として存在しているのだ、というのである。

読者はここですぐさま、賢治がいつも宇宙法界に遍満している空気と一体性を感じ、そのはてしなき空間を見つめ、その世界に一体化している様子を鑑賞していることであろう。たとえば

『春と修羅』の情景描写を思わせる心象風景を思い起こせば、そのことはよく理解できるであろう。（本書91頁以下を参照）

このように、賢治は「妙法蓮華経」を「最大幸福の根源」と認識し、もろもろの仏陀は諸仏陀の眼目（仏教の心髄）である法華経を説いて、初めて教えを伝える意義を完成したといい、そのような不可思議な妙法蓮華経によって、一切の現象そのものである妙法蓮華経を供養することとなることを明らかにしているのである。

法華経に生き、その法華経を文芸に著わすことを追い求めた賢治にとっての法華経とは、そのような根源的な意義を内蔵することを明確に認識する必要があるであろう。しかも同時に、その妙法蓮華経は宇宙法界に現実に生き生きとはたらいており、人間はそのなかで、その深い意義を知っても知らなくとも、まぎれもなくそのなかに生きていることを歌い挙げているのである。

II

法華経とは何か

第一章　「法華経」とは

【Ⅰ】『妙法蓮華経』の訳出

いうまでもなく、大乗仏典はいずれも仏陀釈尊の説法を、仏典として収録したものとして伝承されている。

「法華経」は、サンスクリット語（インド古代文章語）の〝Saddharama-puṇḍarīka-sūtra〟の漢訳である。

（一）最初に法華経を『正法華経《しょうほけきょう》』の題名のもとに漢訳した（西暦二六八年漢訳。以下同様に表記）のは、竺法護《じくほうご》（二三九～三一六）である。竺法護は西晋代の訳経僧として知られ、月氏系の帰化人の末裔で、敦煌《とんこう》に生まれた。

（二）鳩摩羅什《くまらじゅう》（三五〇～四〇九頃）は、それよりおよそ百年の後に、シルクロードの都市国家＝亀茲国《きじこく》（クチャ）の王族の母とインドの貴族の血を引く父との間に生まれ、七歳の時に出家した。が、後に呂光《りょこう》将軍によって中国に拉致《らち》され、多くの大乗仏典の漢訳にあたった。中国南北朝時代初期の訳経僧として知られる。漢訳の『妙法蓮華経《みょうほうれんげきょう》』（四〇六漢訳）は非常に読みやすいとの名声を受け、おおいに普及したといわれている。それに比べて（一）の『正法華経』は難解であるとされて、あまり普及しなかった。

（三）大乗仏典は繰り返し漢訳事業が繰り返されるのが常で、「法華経」についても、その後、さらに闍那崛多《じゃなくった》・達磨笈多《だるまぎゅうた》によって、鳩摩羅什訳『妙法蓮華経』を補訂した内容と言われる『添品妙法蓮華経《てんぽんみょうほうれんげきょう》』が（六〇一年に）漢訳された。（二）の『妙法蓮華経』訳出後、およそ二百年後のことになる。『妙法蓮華経』の補訂として知られたが、それ以上には普及しなかった。

羅什訳『妙法蓮華経』は、先述したように中国の天台大師智顗《てんだいだいしちぎ》（五三八～五九七）により『妙法蓮華経玄義《げんぎ》』『妙法蓮華経文句《もんぐ》』『摩訶止観《まかしかん》』の三大部《さんだいぶ》（＝三大著述）をもっておおいに讃えられた。その後、中国天台宗の諸学者によって、講讃され、日本にそれら講讃書がもたらされた。聖徳太子（五七四～六二二）が『維摩経義疏』『勝鬘経義疏』とともに『法華義疏』を講じ、これらは三経義疏として知られ、光明皇后は国分尼寺に『法華経』を奉じ、懺悔滅罪《さんげめつざい》の寺とした。さらに、伝教大師最澄《でんぎょうだいしさいちょう》（七六七〜八二二）が比叡山《ひえいざん》に一乗止観院を創始し、やがて（日本）天台宗の名のもとに『妙法蓮華経』が鼓吹されたのである。平安貴族は競って『妙法蓮華経』を信奉し、美術的価値の高い写本を次々と造り上げて、寺社に奉納するなど、『妙法蓮華経』礼賛の歴史が展開されていった。有名な『平家納経』は平清盛（一一一八〜一一八一年）の発願《ほつがん》により、平家一門が特別に紙を漉《す》かせ、当時の能書家や画家等の力を総結集してつくりあげ、長寛二年（一一六四年）に厳島《いつくしま》神社に奉納されたものである。また弘法大師空海（七七四〜八三五）も『法華経釈』等を著すなど、諸宗がそれぞれ『法華経』を讃仰している。

鎌倉時代になると、道元禅師（一二〇〇〜一二五三）が禅をおさめ、その主著『正法眼蔵《しょうぼうげんぞう》』に『法華経』がしばしば引用されていることが知られる。そうした系譜は、江戸時代中期の白隠《はくいん》禅師（一六八五〜一七六八）や、江戸時代後期の良寛和尚（一七五八〜一八三一）ら、多くの禅僧によって伝えられている。そのほか、至る所に『法華経』の影響が見られるのである。

そうした中でも、殊に特異な自覚に立ったのが日蓮聖人（一二二二〜一二八二）であった。日蓮聖人は、『法華経』を悪世末法の衆生のために伝えられる「未来記《みらいき》」（予言の経典）として受け止め、その「未来記」を実現することを念願して「法華経の行者」としての使命に目覚め、また久遠釈尊の久遠の弟子、地涌《じゆ》の菩薩の首導＝上行《じょうぎょう》菩薩の再誕としての責務に挺身することを任じたのである。著名な『立正安国論《りっしょうあんこくろん》』『如来滅後五五百歳始観心本尊抄《にょらいめつごごごひゃくさいしかんじんほんぞんしょう》』など数多くの自筆（真蹟遺文）が今日に伝えられる。『注法華経』は日蓮聖人がつねに所持していたもので、多くの経論の抜き書きが表面だけでなく、裏面までに注記されている。その独特の『法華経』認識とそれに基づく弘教は、周知の通り、第二次大戦後の新たな仏教運動として今日も、注目を集めている。

【Ⅱ】宮澤賢治はどのように『法華経』に心を惹かれたのか

宮澤賢治は、十八歳の九月に、島地大等《しまじだいとう》編『漢和対照　妙法蓮華経』（明治書院発行）を読んで、異常な感動をおぼえた。島地大等は明治時代初期の傑僧・島地黙雷《もくらい》の法脈を受け継いだ浄土真宗の僧であるが、天台教学を中心に日本仏教史を研究し、東京帝国大学をはじめ、立正大学・大正大学などで講じた学僧である。賢治の父をはじめとする縁者も、花巻近郊の大沢温泉で毎年行われた仏教講習会で講義を受けたことがあった。

島地大等が仏教学者として『妙法蓮華経』の漢訳を対照した書籍であるので、同じく浄土真宗の信徒である宮澤政次郎のもとへ、その友人から同書が贈られてきたのであった。そして政次郎は、勉強のためにと言って、賢治にこの書を読むように渡したのであった。

筆者が感じるところでは、『法華経』には、第一に社会の中の人間の生きがいが問われていると思う。人間の生き方といっても、仏陀釈尊に導かれる仏教徒として、仏陀の悟りの世界へのいざないとして示されているのであるが……。本書では、この点について、充分に述べることが出来ないが、賢治が『法華経』に心惹かれた背景に、人間が悟りを求めることが、同時に社会に生きる姿としてイメージされたように思われるのである。そのことは、松本零士のアニメ『銀河鉄道999（スリーナイン）』のヒントとなったと思われる賢治の『銀河鉄道の夜』の内容にも投影されていると思われる。すなわち、少年が生き方を求める背後に、人々と一緒にという社会的意識が同時に描かれていることからも推察できるのではないかと思うのである。その点については、本書の諸所で触れることとなろうが、賢治は裕福な家に生まれながら、当時、彼に似た境遇にあった多くの青年たちと同様に、社会に苦しむ人々のことを考えずに居られなかったという背景があったであろう。

第二には、「永遠の生に生きる」という『法華経』の主題があると思う。『銀河鉄道の夜』は、少年ジョバンニが溺れて死の世界に行く途中、銀河鉄道に乗って銀河系宇宙に向かうというストーリーである。そして再び地上に帰ったとき、彼の新たな人生が開かれるのである。賢治は『法華経』如来寿量品第十六を読んで、身震いする感動を味わい、『法華経』讃仰の道が開かれていたといわれる。が、それはまさしく、この世の無自覚的な生活において死を迎え、宇宙法界に包まれた世界に行った後、再び地上に戻り、そこに新たな自己の人生を発見するという『銀河鉄道の夜』の境地を、如来寿量品における「久遠《くおん》釈尊」の教えを戴くという境地の根源にある教示に基づいたものとして理解したことを示したことにほかならないであろう。

もとより、「久遠の仏陀釈尊」という意味づけは、既に過去から行われているが、しかし賢治はそれを近代に生きる人間に対する問題意識として受けとめたものであろう。したがって、単に平板な永遠という解釈にとどまることなく、過去・未来が現在と交叉する宇宙空間という設定に於いて、「仏陀の久遠」の意義を作品化したものと考えたい。

賢治の生涯の根底に『法華経』への信仰が深く横たわっており、彼の作品にも奥深い影響があることは事実であるが、しかし、それを検証しようとすると、するりとその掌からこぼれ落ちてしまう。多くの研究者がその点の究明を試みているが、必ずしもそれが成功をおさめているとは言いがたい点もある感がある。本書もその試みに追随するものであるが、なかなか困難な点を感じている。

【Ⅲ】『法華経』の二大教義　その①「諸法実相」について

『法華経』は二十八品より成る。「品《ほん》」は、最近では「章」に置き換えて解説する例が多くなった。筆者もその風潮に沿って論じることがある。しかし、「章」が一書の構成の要素として、その一部を分担するということであるのに対して、「品」はその折々の仏陀の説法をその場面や前後の経緯を含めてまとめたものであって、『法華経』全体の構成要素をなすと同時に、それぞれが独立した説法の結集であるというのが、元来の解釈のようである。

それは兎も角として、全体の二十八品を大きく二つの要素をもとめて捉えると、前半の十四品（迹門《しゃくもん》）と、後半の十四品（本門《ほんもん》）という構成としてとらえられる。そのように前半を迹門、後半を本門として理解するのが今日では常識となっている。そのような理解は、中国の天台大師智顗《ちぎ》に淵源する『法華経』解釈史において確固たるものとなっていった歴史がある。

『法華経』の前半第十四品（迹門）の中心は、方便品《ほうべんぼん》である。そこに説かれるのは、仏陀のお覚りが「諸法実相《しょほうじっそう》」ということであることが示されている内容である。ちなみに「諸法」とは、あらゆる存在とそこに一貫する法理を意味し、「実相」とは、ありのままの真実のすがたということである。私たち凡人には仏陀のお覚りの深い境地を理解することは困難なこと、また、それを簡潔に言い表したとしても、凡人が誤って理解するおそれがありすぎるほどあるということであろう。そこで仏陀はいろいろな言い方でその境地に至る道筋を示しているのである。

『法華経』においても、序品第一でつぎつぎと不思議な光景が展開され、仏道修行者たちは

「いよいよ、仏陀釈尊が素晴らしい法義をお説きくださるに相違いない」と期待した。ところがいざ方便品第二に入って、多くの修行者の願いを受けて釈尊の十大弟子のなかでも智慧第一と尊敬される舎利《しゃり》弗《ほつ》尊者《そんじゃ》が修行者を代表して「ぜひ素晴らしい教えをお説き下さい」とお願いすると、「やめよう！　良き修行者たちよ！　君たちが釈尊の教えを聞いて充分に理解できなければ、却《かえ》って君たちをまどわせることになるから……」という答えが返ってきた。しかし舎利弗尊者はあきらめない。三《さん》止《し》三請《さんしょう》といって、三度繰り返して執拗に仏陀の説法を請い願うのである。仏陀釈尊は「それではやむを得ない！　暗示的に語ろう！」と言って示されたのが、「諸法実相」という重いお言葉だった。それこそが「ただ仏と仏との間でのみ、その奥深い境地を共有し合えるお覚りの境地である」という内容なのである。

しかし、さすがにこの四字だけではその意義が理解できないので、これに付け加えて「いわゆる諸法の如是相《にょぜそう》・如是性《しょう》・如是体《たい》・如是力《りき》・如是作《さ》・如是因《いん》・如是縁《えん》・如是果《か》・如是報《ほう》・如是本《ほん》末《まつ》究《く》竟《きょう》等なり」という言葉が添えられるのである。「あらゆる存在の真実のすがた」ということを、もう少し解説すると、「如是相……」以下のようなはたらきの解明となるというほどの意味と言えばよいであろうか。それを筆者なりに、さらに解説すると、左のようになる。

仏陀の眼からすると、この世の構成は、左のような三つの要素を基本とする。

①このような《すがた》（如是相）
②このような《性質》（如是性）
③このような《本体》（如是体）
このような構成要素は、つぎの二つの面から法界のはたらきとなって行く。
④このような《内に潜む潜在的な力》（如是力）
⑤このような《外に現れるはたらき》（如是作）

以上のように、①②③の三要素は④力と⑤作用との二面を加えた活動となる。そして、これらは、因縁と果報とが関係し合ってさまざまな活動態として展開していく。それを次のように表現している。このような「原因」と、それを取り組む「縁因」、そして「結果」と、それに関連する「果報」とが、複合的に諸現象として展開していくという、法界の成り立ちを、仏陀の覚りの境地に於いて確かめられていることを明らかにするのである。

⑥このような《直接的な原因》（如是因）
⑦このような《間接的な縁因》（如是縁）
⑧このような《直接的な結果》（如是果）
⑨このような《間接的な果報》（如是報）

以上のように法界の存在の活動態を分析した上で、さらに重要な一語が加えられる。⑩このような活動態は《(①〜⑨として分析してきた)すべてが、緊密に一体的にはたらいている》(如是本末究竟等)

ここにいわれる(本末究竟等)の最後の「等」とは、①〜⑨にわたる法界の要素が、すべて一体となって「等しい」という意味である。したがって、この「等」がなければ、その前の九つの「如是」の意味の重さが失われることとなる。九つの「如是」と言う分析の上に、これらが緊密に関連しあってはたらいているのがこの世の実相であり、さらに法界の真実相であることを解明しているのである。

仏陀のお覚りの境地とは、このようなすべての現象と、その根幹をなすすべての法理を体得されたものであるということを、僅かな字数で、暗示的に示されているのである。

さらにこの境地を解明しようとして必死の法義解明と修行に尽力したのが、中国の天台大師である。もし『法華経』の経文だけであったならば、その意義がどれだけ人の心を打つ成果をあらわすに至ったであろうか、いささか疑問となるところである。天台大師は、このような経文の意義を解明して、これらの基本となるのは仏陀の法界から地獄界の苦悩の世界までのすべてを統括的に分析する「十界」と、さらにこの世界の法理が、ただ有情《うじょう》(=心を持つ生命体)の世界(有情世間）だけにとどまるだけでなく、有情の存在を支える世界（国土世間）にまで及ぶことを確かめる。さらにこれら（有情世間）（国土世間）を構成する共通要素としての（五蘊《ごうん》世間）を想定する。ちなみに「十界」とは、①仏《ぶつ》界・②菩薩《ぼさつ》界・③縁覚《えんがく》界・④声聞《しょうもん》界の「四聖界《ししょうかい》」と、⑤天《てん》界・⑥人《にん》界・⑦修羅《しゅら》界・⑧畜生《ちくしょう》界・⑨餓鬼《がき》界・⑩地獄《じごく》界の「六道《ろくどう》」から成る「十法界《じっぽっかい》」を内容とする。

こうして、「十界」と「三世間」というこの世の存在の上に、「十如是」のはたらきがあるという構成を組み立てたのが、前述の天台大師智顗であった。しかも、そうしたなかで、覚れる聖者・迷える衆生を「十界」に組み入れた上で、それらの法界はいつも可変性において意味づけられるのであるから、そのことを明示する必要があるとして、「十界」のそれぞれが「十界」を互いに共有することを強調して、これを「十界互具《じっかいごく》」と意義づけたのである。

要するに、こうして方便品第二の「諸法実相」の意義が、「一念三千《いちねんさんぜん》」の論に高められたのである。「一念三千」とは、（仏道修行を目指す修行者の）自己の一念は絶え間なく変化するわけであるが、そこに（十界互具によって説きあらわされる）「百界」と、前述の「三世間」とを内包する「十如是」。計算すると「三千の法界」という変化の前にたたされている仏道修行者の厳然たる修行の現実が示されている。

宮澤賢治も「一念三千」という用語に触れているが、この用語は、最近、多くの方に知られている。

天台大師は、この「一念三千」の法界を前にして、深い瞑想の世界を求める「止観」という修行法を最高に高める願いをもって、「摩訶止観《まかしかん》」の法行を確立し、その内容は『摩訶止観』という講述書として今日に伝えられている。今日に至るまで、この書は『法華経』の修行法の最高のテキストとして、様々に研究されてきた歴史を持っている。

天台大師が精緻な修行法を構築したのに対して、鎌倉時代に出現した日蓮聖人は「南無妙法蓮華経」と唱えることによって『法華経』の教えを信受する「信心の仏教」を人々に伝え、それが今日に伝えられている。日蓮聖人は「凡人の心に仏界を具備する」ことを人々に伝え、仏陀の導きが収められている『法華経』を信じることによって、久遠仏陀釈尊の仏界に引き入れられることをあきらかにしたのである。

【Ⅳ】『法華経』の二大教義　その②「久遠実成《くおんじつじょう》」について

『法華経』後半十四品の白眉は、如来寿量品第十六において、仏陀釈尊が実は久遠の過去から、想像を絶する永遠の導きを示していることが明らかにされることにある。

実はその前段として、釈尊が実に三千塵点劫《じんでんごう》という無限の時間、菩薩として修行を継続なされたことが説かれているのが、『法華経』「化城喩品《けじょうゆほん》」第七である。「塵点劫」とは、「計り知ることのできない永い時間」を意味する。「三千塵点劫」とは、三千世間を磨《す》りつぶして「地種《じしゅ》の墨」（粉）とし、東方の千の国土を過ぎてその墨の一塵（微粒子）を下ろし、その墨が尽きてから、過ぎ去った世界を更に微塵となして、その一塵を一劫として計算して、（釈尊の前生において国王であった父が修行を積んで仏陀となった）大通智勝仏《だいつうちしょうぶつ》が世に出た昔はそのまた無量倍の時間が経過していることを喩えている。劫とは、極大・極小の数概念を表す語でもある（『岩波仏教辞典』参照）。江戸時代の代表的数学書『塵劫記《じんごうき》』は、現在東京理科大学の貴重図書となっているとのことだが、「劫」はその書名の由来ともなったという。

これに対して、『法華経』「如来寿量品」第十六では、釈尊は久遠の仏陀であり、妙覚果満《みょうがくかまん》（深遠なさとりを達成した）の釈尊の境地を成就されたのは、五百億塵点劫をさかのぼることであったと説かれている。『梁塵秘抄《りょうじんひしょう》』にも、左記のように唄われている。

「釈迦の正覚《しょうがく》成ることは、このたびはじめと思ひしに、
　五百塵点劫よりも彼方に仏となりたまふ」

『法華経』の特色は、第一には、道を求める修行者でありながら、しかし単に社会から隔絶した自己にのみ焦点を当てるのではなく、常に社会を生き抜く人々と共に仏道を求める方向を志向

していることにあると思う。このことは、『法華経』のどの部分を切り取っても同様に説かれている。

二つ目の特徴は、私たちの世界を地上の限定された場所として見るのではなく、宇宙空間から見つめることにある。今日の私たちの宇宙感覚は科学的知識の追求にあるが、『法華経』がいつも背後にもつのは、法を求める上での「宇宙法界」という感覚である。「私が此処《ここ》に居る」というのは、ただ地上のある場所に居るという感覚ではなしに、「私は宇宙法界に照らされて、今、ここに居るのだ！」という捉え方である。最近では、ついに日本の（言わば）ミニ宇宙船「はやぶさ」が小惑星に着いただけでなく、その微粒子を地球に運んできたという想像を絶する大計画を実現した。地球帰還までなんと七年間も宇宙を飛び続けてきたミニ宇宙船を駆使した日本人科学者の発想と知恵比べの凄さにただただ驚くばかりである。

こうした二面の『法華経』の特色をもっとも感じ取ったのが、宮澤賢治だったと思う。なにしろ、アメリカのグラムフォンというレコード会社に、海を越えて日本の、しかも東北の一地方都市から最新版を注文したという。米国の本社が非常に驚き、問いあわせたところ、実は花巻市の宮澤賢治からの注文であった、とも言われているようである。

第二章『法華経』全品（全章）の概要

【Ⅰ】『法華経』前半＝迹門十四品について

序品《じょほん》第一＝「大光普照《だいこうふしょう》」

偉大なる『法華経』の教えが説かれる予兆として大いなる光があまねく此の土を照らし、「此の土にあらわれた六つの瑞相」「他の土におよんだ六つの瑞相《ずいそう》」が現される光景が出現した。

方便品《ほうべんぼん》第二＝「諸法実相《しょほうじっそう》」

仏陀の崇高な境地が説かれ、仏陀がすべての衆生をその「一仏乗《いちぶつじょう》に導く願いが明らかにされる。言うまでもなく、現実の仏道修行においては、「声聞乗《しょうもんじょう》」（＝仏陀の声のままに付き随うことにとどまる修行者）、「縁覚乗《えんがくじょう》」（＝単独で修行を行い、声聞と同様な境地を感得する修行者）の段階にとどまることが多いと仏陀は警告している。これらは二乗《にじょう》とよばれて、批判を受けているのである。

それに対して『法華経』は、「一仏乗」を目指す修行の道を示している。そして現実的には、「菩薩乗《ぼさつじょう》」（＝仏陀の境地を求めて、菩薩の修行を歩み行く仏道修行）を示している。

このように『法華経』は「一仏乗」への道を説き、「声聞乗」「縁覚乗」から「菩薩乗」への目覚めを促す。つまり、「三乗を廃して、一仏乗に入らしめる」ことを主題としているのである。

これ以下、「法華七喩」が説かれる。以上のことを譬喩を通じて明らかにしているのである。『法華経』は「法説」「譬説」「因縁」を強調する。まず「法説《ほっせつ》」を明らかにした後では、「譬喩《ひゆ》」「因縁《いんねん》」を通じて、その趣旨が説かれていく。

譬喩品《ひゆほん》第三＝「三界《さんがい》は火宅《かたく》」（『法華経』七喩の第一）

譬喩品では老朽化した大邸宅から災害が起きて、富豪が幼い子供達を救い出す為に、「羊の車」「鹿の車」「牛の車」がある方向に誘導する。しかし、そこにあったのは「大きな白牛が牽《ひ》く車」（大白牛車《だいびゃくごしゃ》）であったという譬喩譚によって、前記の「一仏乗」に引導する趣旨を明らかにする。

信解品《しんげほん》第四＝「父子の絆《きずな》」（七喩の第二）

富豪が幼い子どもを見失ってから数十年。その子との出会いを実現する。迷える衆生を、一仏乗に引き入れる趣旨を譬喩に託して明らかにしているのである。

薬草喩品第五《やくそうゆほん》＝「一雨《いちう》にして平等」（七喩の第三）

山野に生長する上・中・下のさまざまな草。そして大樹・小樹（以上、「三草二木《さんそうにもく》」）。これらは、雨の恵みをそれぞれに受けている。衆生が仏陀から受ける恵みも同様であることを説く。

授記品第六《じゅきほん》＝「未来成仏の保証を願う」

譬喩品第三では、釈尊の十大弟子のうち、智慧《ちえ》第一の舎利弗尊者《しゃりほつそんじゃ》が仏陀釈尊から「授記《じゅき》」（未来成仏の保証）を受ける（上根の授記）。それに対して、摩訶迦葉《まかかしょう》・須菩提《しゅぼだい》・大迦旃延《だいかせんねん》・大目犍連《だいもくけんれん》の四大声聞《しだいしょうもん》が「授記」を受けている（中根の授記）。

化城喩品第七《けじょうゆほん》＝「まぼろしの城」（七喩の第四）

通商隊が砂漠を越えて目的地に向かう。人びとが疲れ果てたとき、リーダーが幻の城を現出し、皆が元気を回復するのを見て、実は今のは幻の城であったことを告げ、再び目的地を目指させるのである。「三乗《さんじょう》」という途上の法に安住せず、「一乗妙法《いちじょうみょうほう》」に目覚めさせることを促すのである。

授記品《じゅきほん》第八＝「縫い込まれていた宝珠」（七喩の第五）

高官と成った人物のもとに浮浪者に落ちぶれた友人が頼ってくる。高官はその友人が再び生活に苦しんだ日のために、彼の衣服の裏に高価な宝石を縫い付けておく。しかし、浮浪者はそれに気づくことなく、貧困に耐えられず、再び高官に助けを求める、という譬喩である。言うまでもなく、高価な宝石は、「一乗妙法」を示している。同時にこの授記品で、（下根への授記）を明らかにしているのである。

授学無学人記品《じゅがくむがくにんきほん》第九＝「阿難《あなん》と羅睺羅《らごら》への授記」

これまで上根・中根・下根の仏弟子たちに、それぞれ授記を保証してきた。ところが、いつも釈尊に随侍して教えを記憶していた阿難《あなん》尊者と、また釈尊が未だ悉多太子《しったたいし》（シッダルタ）であったときの御子（羅睺羅＝ラゴラ尊者）に対する授記はなかった。たまりかねて、付き随う多くの門下と共に、阿難と羅睺羅が授記（将来成仏の保証）を請い、釈尊がそれにこたえて授記したのである。

法師品《ほっしほん》第十＝「如来の衣《ころも》に包まれて」

『法華経』は、仏陀の法を伝える法師《ほっし》を尊重している。この法師品で「如来の室＝大慈悲心」「如来の衣＝柔和忍辱の心」「如来の座＝一切法空の教え」を、仏陀から賜っていることの目覚めを促すのである。

なお、この品で「高原で水を求めるとき」（高原鑿水《こうげんさくすい》の譬喩）ということが説かれている。（但し「法華経七喩」には入れられていない）高い山で井戸を掘っても、一向に水が湧く気配を確かめられない。しかし、それで絶望することなく掘り進んでいくと、土に僅かな湿り気を確かめることができたのであった。それによって、自信を得てさらに掘り進み、ついに水の道に逢着した、という譬喩である。法師の修行を確かめることは困難であるけれども、それを乗り越えて、ついに仏道を確かめることを、この譬喩を通じて補強する意味での譬喩譚なのである。

見宝塔品《けんほうとうほん》第十一＝「宝塔の出現」

『法華経』が説かれるとき、その教えが真実であると讃える本願を持った多宝如来《たほうにょらい》が多宝塔の中に坐って現れる。釈尊がその宝塔に招き入れられ、『法華経』説法の聴衆は皆、多宝如来のもとでの説法聴聞を願い、空中に招かれる。

ここから嘱累品第二十二まで、説法の場所が虚空（大空《おおぞら》）に移り「虚空会上《こくうえじょう》の説法」が展開する。

提婆達多品《だいばだったほん》第十二＝「悪人・女人の成仏」

釈尊を亡き者にしようと謀った提婆達多は、仏教史上最大の悪人とされる。しかし……と釈尊が語るのである。永遠の過去において、釈尊の修行時代に提婆達多が仙人であったことがあって、釈尊がその時、彼に教えを請うたことがあった。そうした功績により、提婆達多もまた仏道を成就することが許されることが明らかになるのである（そのことが「悪人」の成仏として説かれている）。女人にはさまざまな障害があって、成仏が許されないとされてきたのに対し、釈尊の前でわずか八歳の龍女（龍王の娘）が成仏を果たす。これによって女人の成仏が現実のものとなることが明らかにされた（これが「女人」の成仏の教えである）。

勧持品《かんじほん》第十三＝「苦難に立ち向かう仏道宣布」

他方の世界から来た菩薩達が、「私たちはどのような困難があろうとも、その苦難を乗り越えて仏法を伝えていきます」と誓う。真の仏道を妨害するのは、①「無智の人」だけでなく、②

「邪智の修行者」や、さらに③世人から生き仏のように崇敬を受けながら、「法華経の修行者」を迫害する者に最高の仏道修行者」を迫害する者に及ぶことが明らかにされる。こうして苦難に耐える「法華経の行者」こそ、最も尊い存在であることが説かれるのである。

安楽行品《あんらくぎょうほん》第十四＝「心静かな菩薩道を求めて」

初心の菩薩は、いきなり疾風怒濤を思わせる困難な修行には耐えられないであろう。そこで彼ら初心の菩薩のために、四つの安楽なる菩薩道の教えが示される。①身安楽行、②口安楽行、③意安楽行、④誓願安楽行である。

なお安楽行品で「法華経七喩」の第六として「髻中明珠《けいちゅうみょうじゅ》」の譬喩が説かれる。この『法華経』が「諸仏如来の秘密の奥蔵」であることを示すために、強力な転輪聖王《てんりんじょうおう》が正義に従うように小国の王によびかける。転輪聖王は功績を挙げた者に財物を与えるが、さらに大いなる功績を挙げた者には、聖王が最も大切にして、自分自身の髻《もとどり》の中に収めていた明珠《みょうじゅ》（最高に高価な宝石）を授与するという譬喩である。この譬喩を通して、「一乗妙法」を求める修行者には、『法華経』の「諸仏如来の秘密の奥蔵」を惜しみなく与えるということが暗示されているのである。

【Ⅱ】『法華経』後半＝本門十四品の展望

『法華経』が説かれたのは、言うまでもなく霊鷲山《りょうじゅせん》である。現在の位置で言うと、インド・ビハール州のほぼ中央に位置する、かつてのマガダ国の首府ラージャ・グリハ（王舎城《おうしゃじょう》）を取り囲む山のひとつである。霊鷲山とは、「聖なる鷲を思わせる山」というほどの意味で、この山を登っていくと、一瞬、鷲が大きく羽ばたいているように見える場所があるという。実は多くの大乗経典の説法に擬される聖地でもある。それらに対して、この『法華経』においては、霊鷲山で殊のほか、優れた内容の教説が説かれたという意味づけがなされている。

前述したように、見宝塔品第十一の途中から、説法の会座《えざ》（＝場所）は「虚空」に移り、「虚空《こくう》会《え》」となった。そして、「虚空会」上の法説と言うことによって明らかにされる深い意味が、特に従地涌出品第十五、如来寿量品第十六において強調されるゆえんがあきらかにされているのである。

従《じゅう》地《じ》涌《ゆ》出《じゅっ》品《ぽん》第十五＝「地涌の菩薩」の出現

大地が震裂して、ガンジス河の沙《すな》の六万倍もの、実に多数の立派な菩薩が地下から次々と現れて来る。その菩薩達は、むしろ釈尊よりも立派にすら見えた。人びとは驚いて、「いったいこのような立派な菩薩はどのような方々なのですか」と問い尋ねる。すると釈尊は、これらの菩薩は釈尊が無限の過去より教化してきた「久遠の本弟子」であることを明らかにするのである。

大乗仏典には「仏陀釈尊が入滅して後、人びとの機根《きこん》（仏道の教えを聞いて修行する能力）が衰えた時の為に説き残されている」という共通項がある。『法華経』も、仏陀釈尊が入滅して、人びとが寄る辺を失った時のために説かれているのが特色である。鎌倉時代にあらためて『法華経』の教えを再発見した日蓮聖人は、「仏陀釈尊の未来記としての『法華経』」という意義づけを強調しているゆえんである。

つぎの如来寿量品第十六で、「久遠に人びとを導きつづける釈尊」の全体が、釈尊自身のお言葉によって明らかにされるが、その前段として、大地から涌き出た久遠の弟子達の出現は大きな意味を持っているのである。

如来寿量品第十六《にょらいじゅりょうほん》＝「久遠の仏陀釈尊」

従地涌出品第十五の応答を前提にして、仏陀釈尊が久遠の過去において正覚《しょうがく》（＝お覚《さと》り）を成就したことを、釈尊自身のお言葉によって明らかにするというのが、如来寿量品の趣旨である。

仏陀釈尊は、前章の質疑に答えて、釈尊が五百塵点の過去に妙覚果満《みょうがくかまん》の仏陀となったことを諄々として説く。塵点については、化城喩品第七で述べたとおりである。永遠の過去に久遠の仏陀となった釈尊は、「あるいは己身《こしん》を説き、あるいは他身《たしん》を説き、あるいは己身を示し、あるいは他身を示し、あるいは己事《こじ》を示し、あるいは他事《たじ》を示す……」というように、さまざまに身を現して、すべての衆生を導いて来たことを明らかにし、さらに「自我偈《じがげ》」（あるいは「久遠偈《くおんげ》」）において、仏陀滅後の衆生がその教導によって救済を願う道を示している。

なお、この如来寿量品で『法華経』七喩の第七「良医《ろうい》と狂子《おうじ》の譬喩」が説かれている。名医が居て、その子供達が百人をも数えた。あるとき、名医が遠い他国へ診療のために出張する。ところがその間に、子供達が毒薬を飲んでしまったのである。急を聞いて帰国した子供達に早速、良薬を調剤したところ、およそ半分の子供たちはそれを服用して、本心に帰るが、残る半数の子供達は、「いずれ父が対処してくれる」と甘えて、さっぱり良薬を服用しないため、やむなく名医は再び他国に向かい、その地から「父死す！」の急報を届けた。それを聞いて、残り半数の子供達も驚き慌てて良薬を服用して、皆が本心に戻ることができたという譬喩である。

仏陀がさまざまに教化を示してくださるのに、仏陀が入滅した後の衆生は真剣な態度でそれを受け止める事ができない。そこで、仏陀はさらに強烈な手法で仏陀入滅後の衆生を救う道を開いてくださっている。そのことを何よりも一番に感じ取って、仏陀の導きに目覚めなさい！　という趣旨を、譬喩を通して語りかけているのである。

　この如来寿量品第十六の教えこそ、賢治が身震いして感じ取った内容であると推察する。そして、あの『銀河鉄道の夜』の内容は、まさにここに説かれた『法華経』の奥義として賢治が大切に究明したところである。

分別功徳品《ふんべつくどくほん》第十七＝「一心に信じること」

　分別功徳品では、如来寿量品第十六に示された「仏陀の久遠の導き」を信じる功徳を説いている。一般に「仏道修行」と聞くと、自らの力で「仏道」を究めたいと願うのが人の常であろう。けれども、究極の仏陀の境地はあまりにも高く、あまりにも遠い。そこで何よりも大切な事は、「久遠釈尊の導き」を信じることに尽きるというのが、この分別功徳品の語るところなのである。

　しかも、釈尊在世、すなわち（お釈迦様の教えを直接聞くことのできる時代）には、①一念に信解《しんげ》する・②略して（仏陀の）言趣《ごんしゅ》を理解する・③広く他のために説く・④深く信じて三昧《さんまい》の境地に達する、という四段階があると説かれている〔現在の「四信《ししん》」〕。

　しかし、釈尊入滅後には、①初めに「随喜品《ずいきほん》」（＝「仏陀の久遠の導き」を感激して受け止める）・②

「読誦品《どくじゅほん》」（＝①の上に『法華経』を読誦する）・③「説法品」＝（①②の上に『法華経』の教えを伝える功徳を説く）・④「兼行六度《けんぎょうろくど》」（＝①〜③の上で、六波羅蜜《ろくはらみつ》を兼ねて修行する）・⑤「正行六度」（＝①〜④の上で、六波羅蜜を詳細に修行する）という五段階があるとする〔滅後の「五品《ごほん》」〕。

　これらの中で殊に重要なのが、①最初に掲げた「随喜」（初随喜《しょずいき》）とされ、その内容は、次の「随喜功徳品」第十八において詳しく説かれる。

随喜功徳品《ずいきくどくほん》第十八＝「久遠の導きをひたすら信じる功徳」

　この随喜功徳品で終始、強調されるのは、「『法華経』の教えを聞き、ひたすら感激するということ」という内容である。聞くということは、その間に伝聞という要素が入る。仏陀の教えを聞く。それに基づいて修行を重ねる。と言った場合、しばしば《ほんもの》を選び取らねばならないことが強調されるのが世の常である。ところがこの随喜功徳品で説かれるのは、「五十展伝随《てんでんずい》喜《き》の功徳」ということである。教えを聞いた人がそれを誰かに伝える。それを聞いた人がまた誰かに伝える。……そのようにして五十人目に聞いた人の功徳すら大いなるものであると説かれる。

　伝言ゲームという遊びがある。伝言をつぎつぎに伝えていくと、内容が違ったり、誤って聞いたりということになるという好例として話題にのぼる遊びである。

ところが、随喜功徳品では、「五十人を経由して伝わった『法華経』の教えを信受する功徳の大きさ」を讃えているのである。

法師功徳品第十九《ほっしくどくほん》＝「信ずる功徳」

随喜功徳品第十八では、初品《しょほん》（最も最初の仏陀の教えの感激）の「因」の功徳（信に入る出発の功徳）が説かれた。それに対して、法師功徳品第十九では、初品の感激によって得られる「果」の功徳（仏陀の覚りの境地につつまれるめざめ）が説かれる。

初品とは、さまざまな修行と比べてみると、「初随喜《しょずいき》」すなわち、まず第一に「久遠の仏陀の教えを信じ」て、感激するという最初の最初の仏道修行の基本にあたる。

そのように初めて仏道修行の門に入った結果として得た「果《か》」の功徳とはどのようなものなのか、というのが示されるのである。

有情《うじょう》（心を持つもの）は六根《ろっこん》を持つ。眼《げん》根・耳《に》根・鼻《び》根・舌《ぜつ》根・身《しん》根・意《い》根である。眼……耳……と、それぞれの感覚がはたらいている。感激をもって『法華経』を信じ、受持し・読み・声をあげて誦《とな》え・解説《げせつ》し・書写することによって、優れた眼の八百の特質・優れた耳の千二百の特質・優れた鼻の八百の特質・千二百におよぶ優れた舌の特質・八百に及ぶ優れた身の特質・意《い》

（＝こころ）の千二百の優れた特質。具体的にそれぞれの功徳が明らかとなるということが説かれている。

常不軽菩薩品第二十《じょうふきょうぼさつぽん》＝「ひたすら人びとへの礼拝を行おうとする菩薩」

「常不軽菩薩」とは、「常にあらゆる人を尊敬しつづける菩薩」というほどの意味である。これまた釈尊の生前、すなわち菩薩として修行を続けた時代の逸話である。威音王如来《いおんのうにょらい》という仏陀によって仏教が弘められた後、だんだんと影響力が衰え、ついに仏陀・法典・出家僧という仏教伝道の基本である〔仏宝《ぶっぽう》〕〔法宝《ほうぼう》〕〔僧宝《そうぼう》〕の三宝《さんぽう》すべてが失われてしまったような時代であった。言わば、よるべなき時代に、常不軽菩薩は仏道修行を試みる道を見出した。すなわち、仏教は「悉有仏性《しつうぶっしょう》」（すべての人が仏陀となる可能性を有していること）を説いている。つまり人びとは「仏陀」を内在しているのだから、その内在する「仏陀」を礼拝しつづけようということだった。「我れ深く汝等《なんだち》を敬う。敢えて軽《かろし》め慢《あなど》らず。所以《ゆえ》は何《いか》ん。汝等は皆、菩薩道《どう》を行じて、当《まさ》に仏《ほとけ》と作《な》ることを得《う》べければなり」（「私はあなた方を深く敬います。いささかも軽蔑の念を抱くようなことはありません。なぜなら、あなた方はすべて菩薩としての仏道修行を行って、かならず仏陀の境地に到達するからです」岩波文庫『法華経』下132頁）という二十四の文字をテーマとして「但行礼拝《たんぎょうらいはい》」の修行を展開したのである。

仏法衰微《すいび》といっても、形だけは比丘《びく》（男性修行者）・比丘尼《びくに》（女性修行者）・優婆塞《うばそく》（男性在家信徒）・優婆夷《うばい》（女性在家信徒）たちが居たのであろう。彼らは、「ただ、やたらに人びとを礼拝するおかしな者がいる」として、常不軽菩薩に向かって杖木で殴ったり、瓦や石をぶつけたりするのであった。危険が迫ると常不軽菩薩はそこを遠ざかり、但行礼拝を続けた。この修行の積み重ねによって、常不軽菩薩は遂に仏陀の境地を成就したのである。

これが、釈尊の永い永い御修行時代の一齣であったということを、「常不軽菩薩品」第二十で、釈尊自ら明らかにしたのである。

賢治が崇拝する日蓮聖人も、常不軽菩薩の苦難の御修行を思い、「大難四箇度・小難数知れず」という法難の連続の日々を生き抜く指針とした。また、良寛和尚も常不軽菩薩への讃歎を詩にうたいあげていることに驚く。

賢治は、いろいろな事を試みている。しかし、普通の人のように、生産活動に従事して金銭の恵みを受けるということはほとんど無かった。父親の宮澤政次郎さんは「賢治は旅人なのだ」といつも言っていたという。仏道修行者が宮澤家に生きていたような感じだったのである。そんな賢治の生き方を終始見届けつづけた父・政次郎さんの偉大さにただただ頭が下がる思いがする。

とはいえ、賢治自身はつらかったのではなかろうか。普通の人のようにお金を稼ぐことなく、終始、『法華経』の導きを追い求める生き方の中に『法華経』の救いを得ていたのであろうから……。「雨ニモマケズ」という祈りの詩が収められている『黒い手帳』には、「木偶《でく》の坊」という芝居の原案がメモされている。「雨ニモマケズ」は「デクノボー精神」をうたいあげたものというのが常識だが、実は「雨ニモマケズ」を誌した数日後に、同じ『黒い手帳』になまなましい常不軽菩薩への讃仰の演劇のメモが誌されていることとの関連を充分に考えておく必要がある。

このように常不軽菩薩は、賢治にとって重要な『法華経』信受のポイントなのである。

如来神力品《にょらいじんりきほん》第二十一＝「末代の救いを釈尊から委ねられる」

賢治は、「筆をとるや、まず奉請《ぶじょう》（仏陀への帰依）・勧請《かんじょう》（仏・菩薩の来臨のねがい）をおこない」と誌している。まず、その心構えとして『法華経』の仏陀・菩薩の来臨を願って心を鎮め、そこで筆を執ったのである。そのとき、願いをこめてとなえたのが、この如来神力品にある次の経文である。

「当《まさ》に知るべし、この処は即ちこれ道場にして、
　諸仏はここにおいて阿耨多羅《あのくたら》三藐三《さんみゃくさん》菩提《ぼだい》（＝最高のおさとり）を得、
　諸仏はここに於いて、法輪《ほうりん》を転じ、（＝説法を展開し）

諸仏はここにおいて、般涅槃《はつねはん》すればなり（＝この現実の世で死を迎えた）。」

（岩波文庫『法華経』下160頁）

その意味は、仏陀は遙か彼方に隠棲されているのではない。まさに、今、私たちが生きている場所を「真実究明の道場としているのだ！」ということを述べた後に、次の三箇条によって、あらゆる仏陀が行われたことの意義を確かめるのである。

「さらに、仏陀は、私たちの生きるこの世界で『この上ないお覚りへの到達』を確かめ、仏陀は、私たちの生きているこの世界で『法輪《ほうりん》』（教えを説法すること）を明らかにし、仏陀は、私たちの生きるこの世界で『肉体の死』をあらわされたのである」と。

「如来神力品」と名づけられるように、この品《ほん》では、まず如来の「十神力《じゅうじんりき》」（十種類の不思議な力）が説かれる。これまで「久遠の釈尊の導き」を「随喜《ずいき》」（感激）を基本として受けとめること。そうすれば、それに伴うさまざまな『法華経』信受の方程式とそれによる恵みが明らかにされることが説かれてきた。

そしてついに、釈尊の久遠のお弟子である地涌の菩薩の導師中の首導《しゅどう》である「上行《じょうぎょう》菩薩」以下の導師によって、滅後末法の衆生救済として現実化しなければならないという地点に達したのである。このような『法華経』の趣旨は、すでに天台大師智顗が解釈するところであり、鎌倉時代の日蓮聖人がさまざまな法難をくぐり抜けながら、自らが久遠釈尊からの特別な使命を帯びているることにめざめ、自覚するに至る思索と行動を通じて、確認した内容である。

こうした『法華経』解釈を基として、日蓮聖人は自ら「日蓮《にちれん》」という名乗りを示した。すなわち「日《にち》」は「日月の光明の　能く諸の幽冥《くらやみ》を除くが如く　斯の人は世間に行じて、能く衆生の闇を滅し」（如来神力品第二十一　岩波文庫『法華経』下164頁）という経文のこころを受けつぐものである。この経文は、日蓮聖人が久遠仏陀釈尊からの「未来記の法華経を宣布せよ」との遺命に感激して大切にした経文であり、久遠釈尊の久遠の弟子に与えられた言葉であることを銘記する必要がある。日蓮門下は久遠の弟子のことを、「本化《ほんげ》の菩薩」と言いならわしている。

また「蓮《れん》」の名乗りは、「善く菩薩の道を学びて　世間の法に染まざること　蓮華の水に在るが如し　地より涌出して　皆、恭敬の心を起こし　世間の前《みまえ》に住せり」（従地涌出品第十五　岩波文庫『法華経』中318頁）のなかの「蓮」に基づいている。蓮華は、もともと古代インドに於いて、世界を造り上げる基本として尊重された。そうした壮大な神話とは別に、仏教に於ても蓮華は特別の花として珍重されており、その延長上に本堂に蓮華の木彫り（木蓮華《もくれんげ》）が飾られたりする。蓮華が汚泥の中に生長しながら、見事なまでに清楚な花を咲かせる姿が尊重されているのである。その姿が「久遠の本弟子＝本化地涌の菩薩」の生き方を象徴するものとして、ここに描かれているのである。日蓮聖人は、「日」が天井に輝く存在としての「本化の菩薩」のイメージをあらわすとし、「蓮」が汚濁に充ちた現実社会に生きる人びとの中に在って、崇高な「未来記の『法華経』」の救いを開花させるとする。その両者のイメージの組み合わせに感激して、「日蓮」の名乗りをしたのである。

賢治は、田中智学に率いられる国柱会に帰信した。そうしてまた、国柱会の「勤行《ごんぎょう》要典」の「奉請文《ぶじょうもん》」として掲げられている上記の「如来神力品」の経文に、『法華経』の深い導きの門を感じ取り、終生、大切にしただけでなく、その思いがさまざまな作品に投影しているのである。

嘱累品《ぞくるいほん》第二十二＝「一乗妙法の総付属」

「嘱累」とは、教えを伝えることを委ねること、という意味である。

既に前章の「如来神力品　第二十一」において、仏陀入滅後に、本化の菩薩が「未来記の『法華経』」を説き、人びとを希望の光に目覚めさせる事が説かれている。

その光景を見て、その他の平凡な仏弟子たちはどのように感じていたのであろうか。私たちの仏陀釈尊はそのような役割への期待をなさらないのか？　というほのかな疑いの心を釈尊は感じ取ったのであろう。

そこで仏陀釈尊は、仏滅後に『法華経』を伝えることは、すべての仏道修行者によっての責務であることをあらためて示したのである。

薬王《やくおう》菩薩《ぼさつ》本事品《ほんじほん》第二十三＝「薬王菩薩の過去の仏道修行と今」

すでに『法華経』の前半にもさまざまな菩薩が登場し、また常不軽菩薩も登場しているが、ここからは、長い間、菩薩として過去の仏道修行の軌跡をもつ菩薩達が登場する。他の修行者を教化した菩薩たちをほめたたえ、そのことを通して仏道修行者を鼓舞する内容である。

「薬王」は最上の妙薬という意味（中村　元『仏教大辞典』）。また薬王菩薩は、二十五菩薩の一人として知られ、日本の仏教でも多くの彫像が伝えられるように、一定の人気を博しているが、『法華経』ではそのようなことには触れない。

薬王菩薩は「苦行の誓願」に生きた。すなわち、かってさまざまな功徳を積んだ一切衆生《いっさいしゅじょう》喜《き》見《けん》菩薩こそ、今の薬王菩薩であることが解釈によってあきらかにされるのである。この菩薩は、「焼身《しょうしん》供養を示す」「法華最勝を十喩で説く」「無量の功徳を十二喩で説く」「女人往生を説く」という四点を説くが、最初の「焼身供養」が特に著名である。過去世において、一切衆生喜見菩薩は、仏陀への最高の供養を願い、最高の「お香《こう》」を服用し、身に塗り、さらに香油《こうゆ》を自分の身体に注いだ上で自らの身を焼いて、八十万億恒河沙の世界を照らしたのである。

　このような捨身の供養の功徳により、今の薬王菩薩となっていることを、明らかにしたのである。

妙音菩薩品《みょうおんぼさっぽん》第二十四＝「普現色身の願い」

　妙音菩薩が、衆生の身近な人びとと同様な姿に変化した身として現れることを誓い願って、なんと三十四の身に変化《へんげ》して、人びとを仏道に導き入れる願いを明らかにしている章の内容である。これを「普現色身《ふげんしきしん》の誓願《せいがん》」と呼ぶ。人は、いきなり貴いお姿の仏陀の前では緊張してしまって、心を開いて教えを聞くことが出来ないので、妙見菩薩はいろいろな凡身に身を変えて、それぞれの場面で仏道に導き入れることを実行する。下記に三十四身のあらましを紹介しておく。

　梵王・帝釈・自在天・大自在天・天大将軍・毘沙門天王・転輪聖王・小王・長者・居士・宰《さい》官《かん》・バラモン・比丘《びく》・比丘尼《びくに》・優婆塞《うばそく》・優婆夷《うばい》。長者《ちょうじゃ》・居士《こじ》のそれぞれの婦女。童男・童女・天・竜・夜叉《やしゃ》・乾闥婆《けんだつば》・阿修羅《あしゅら》・迦楼羅《かるら》・緊那羅《きんなら》・摩睺羅伽《まごらか》・地獄《じごく》・餓鬼《がき》・畜生《ちくしょう》・後宮《こうきゅう》の女身。

観世音菩薩普門品《かんぜおんぼさつふもんぼん》第二十五＝「なににも畏れない心——普現色身の慈悲行」

観世音菩薩は、世の中の怖畏《ふい》急難《きゅうなん》の苦しみに直面している人びとを救う誓願のために、妙音菩薩品と同様に「普現色身《ふげんしきしん》」（あらゆるところに出現することのできる、瞑想によって体得した不思議な境地）のはたらきで自由自在に姿を現し、慈悲行を展開する。仏陀はなにものをも畏れない境地に達し、四つの「なにものをも畏《おそ》れない心」（四無所畏《しむしょい》）を体現している。観世音菩薩も、なにものにも畏れない心に安住し、衆生を救うのである。つまり「施無畏者《せむいしゃ》」（畏怖《いふ》からの脱却を施す）としての慈悲行を行っている。その姿は、次の三十三身として現れる。

（一）三種聖身（仏身・辟支仏身・声聞身）
（二）六種天身（梵王身・帝釈身・自在天身・大自在天身・天大将軍身・毘沙門天王身）
（三）五種人身（小王身・長者身・居士身・宰官身・婆羅門身）
（四）四衆身（比丘身・比丘尼身・優婆塞身・優婆夷身）
（五）四衆婦女身（長者・居士・宰官・婆羅門の、それぞれの婦女身）
（六）童男童女身（童男の身・童女の身）
（七）八部身（天・竜・夜叉・乾闥婆・阿修羅・迦楼羅・緊那羅・摩睺羅伽）
（八）執金剛身

「三昧」という奥深い宗教的瞑想の極限に達した法力によって、普現色身によるさまざまな身となって『法華経』の教えを伝えるありさまが明らかにされるのである。

陀羅尼品《だらにほん》第二十六＝「持経者を守護する誓い」

「陀羅尼」とは、一般的には「神秘的な力を持つと信じられる呪文」（神呪）、「法を心にとどめて忘れないこと」とされる。この「陀羅尼品」では、薬王菩薩・勇施菩薩・毘沙門天王・持国天王・十羅刹女らが、それぞれ仏陀入滅後（弘教が困難な時代）の、説法者を陀羅尼をもって守護することを誓う。「陀羅尼」によって守護し、流通の誓願に寄与することが説かれるのである。

妙荘厳王本事品《みょうしょうごんのうほんじほん》第二十七＝「誓願によって仏道修行への道が開かれる」「誓願乗乗」

妙荘厳王（今の華徳《けとく》菩薩）・浄徳夫人（今の荘厳相菩薩）の間には、「浄蔵《じょうぞう》」（今の薬王菩薩）と「浄眼《じょうげん》」（今の薬上菩薩）という二人の子息が居た。遠い昔、雲雷音宿王華智仏《うんらいおんしゅくおうけちぶつ》の時代のことである。「浄蔵」「浄眼」が仏陀の教えに目覚め、母を通して父の妙荘厳王が『法華経』に導かれていくというストーリーを通して、家族ともども『法華経』の教えに目覚めることが述べられている。菩薩は人びとを教化する「誓願」を持っているが、身近な関係の中でそれが実現していくことが明らかにされる。

普賢菩薩勧発品《ふげんぼさつかんぼっぽん》第二十八＝「末法の法華経の行者守護の誓い」

普賢菩薩は、一般的には、大乗仏教において文殊師利菩薩と並んで釈迦牟尼仏の脇侍として、仏の理・定・行の徳を司るとされる。『法華経』で『法華経』の誦経者を守護すると説かれ、六《りく》牙《げ》（＝六本の牙）を持ち、白象に乗る姿が彫像化される。

普賢菩薩は、東方の世界から霊鷲山で説かれる『法華経』説法の会座《えざ》に、無数無量の菩薩を引き連れて姿を現し、仏陀釈尊が入滅なされた後、末法の五百年の時代に、濁悪の世において『法華経』を伝えるために貢献する法華経の行者を守護する誓願を立て、さらにそのための「普賢菩薩の呪」という陀羅尼を説き遺している。

【Ⅲ】むすび

以上、できるだけ簡潔に『法華経』にはどのようなことが説かれているのかを、そのハイライトに焦点をあてて述べてみた。宮澤賢治の文学に興味を持つ方からすれば、煩《わずら》わしいとお感じになるかもしれない。しかし、賢治の文学作品には直接には登場しない部分を含めて、賢治は必死に『法華経』の根底に蔵されている奥義の究明に打ち込んだのである。「……夜半《よわ》にめざめ」などの解説によっては納得できない方も、『法華経』の文旨と照合して「なるほど！」と合点される方もあるかと思う。

宮澤賢治はなぜあれほどまでに『法華経』信仰に打ち込んだのであろうか。

賢治が自己の精神の内面に深く問う姿勢は、決して自己のうちに閉ざされたものではなく、広い社会的環境のなかに自己が生きているということを前提にしたものだった。一方では西欧から続々と輸入される最先端の科学技術的知識の進展があり、他方ではロシア革命に揺るがせられる世界状況があり、国内にもその波が押し寄せていたようである。

そうしたとき、賢治は宇宙法界の壮大なイメージのなかで展開される『法華経』の教えに圧倒されたのである。近頃の議論には、内面的な面と、社会的広がりとの面とを別物に扱う思考がありはしないのかと恐れるのだが、賢治は見事にこの両面を統合して思索し、科学の可能性を信じ、芸術の奥深さに魅入られながら、法華経信仰の奥深い教えに圧倒されて生きる可能性を求めていったのである。

賢治の実弟、清六氏のもとに、宇宙飛行から地球に帰還した宇宙飛行士が訪れたと、ご本人の口から聞いたことがある。科学の先端に生きる人が賢治の内面に感動したものだ、と感銘をおぼえたことを記憶している。

Ⅲ　作品の中の法華経精神

第一章　仏教からの近代文明批判と仏教の眼

＝『注文の多い料理店』＝

【Ⅰ】「都会文明と放恣な階級への反感」

賢治が二十八歳の大正十三年（一九二四年）十二月に、前年九月から同年十二月にかけて書いた童話を上梓したのが『イーハトヴ童話　注文の多い料理店』である。

賢治自身が書いた同書の広告チラシに、

「イーハトヴは一つの地名である。……実にこれは著者の心象中に、このような状景をもって実在した

ドリームランドとしての岩手県である。……そこでは、あらゆる事が可能である。人は一瞬

にして氷雲の上に飛躍し大循環の風を従へて北に旅することもあれば、赤い花杯の下を行く蟻となることもできる。

罪や、かなしみでさへそこでは聖《きよ》くきれいにかゞやいてゐる。……

この見地からその特色を数へるならば次の諸点に帰する」

として四項を掲げている。その第一項を次に挙げてみよう。

「これは正しいもの、種子を有し、その美しい発芽を待つものである。而も決して既成の疲れた宗教や道徳の残澤《ママ》（「滓」の誤植）を色あせた仮面によって純真な心意の所有者たちに欺き与へんとするものではない。」（『新校本宮澤賢治全集』第十二巻 校異篇 10頁～）

『注文の多い料理店』という童話集には、九つの童話を収めている。「どんぐりと山猫」「狼森と笊森《ざるもり》」に続いて、「注文の多い料理店」が収録されている。

天沢退二郎氏は『注文の多い料理店』（新潮文庫）の「収録作品について」で、『注文の多い料理店』の「序」に賢治童話の発想の秘密が、やさしい言葉で、含蓄深く言い表わされていると言い、「賢治の「心象スケッチ」が決して単なる〝記録〟ではないこと、また、無意識の底から出現したものを大切にしていることをはっきり記していて注目される」と述べている。さらに「序」の結びとして記されている、

「けれどもわたくしは、これらのちいさなものがたりの幾きれかが、おしまい、あなたのすきとおったほんとうのたべものになることを、どんなにねがうかわかりません。」（圏点＝筆者）

という言葉に注目し、ここに「賢治の深くかつ熱烈な法華信仰のすべてがこもっていると考えられ」ることを、天沢氏は鋭く指摘している。

とはいえ、『注文の多い料理店』には仏教用語も、まして『法華経』の言葉も登場していないし、天沢氏が強調するように、決して説教臭などは微塵も見られないのである。

九篇を収録されるこの童話集の書名が、なぜ『注文の多い料理店』なのか。文学に疎《うと》い筆者には、その答えを想定することは至難の業であるし、あるいはまた、そこにそれほど深い意味があるのかどうかもわからない。ともあれ、筆者としては「注文の多い料理店」に、この童話集の意図を集約するものがありはしないかという疑問を大切にしたいと考える。

さて、「注文の多い料理店」の筋書きはまことに簡単なものである。東京から狩猟のために東北の奥山にやってきた二人の紳士が主人公である。二人は金満家の象徴として描かれている。二人はそれぞれ熊のような大きな白い狩猟犬を連れてきたが、一方の紳士の犬の値段が二千四百円。もうひとりの紳士の犬は、なんと二千八百円である。

この童話が書かれたのは大正十二年十一月十日。あらためて言うまでもなく、あたかもその直前、七十日前の九月一日正午に関東地方を大地震が襲い、その後の関東大震災として東京を中心に関東地方全体に大きな被害がもたらされた。たまたま、同時期にある寺院が三十坪余りの本堂を新築していた。その工費予算が一万円であったが、大震災後の物価騰貴によって、最終的にはほぼ一万五千円であったという。現在、同じくらいの本堂を建築したとすると、およそ三億円以上。二匹の犬の値段の合計（五千二百円）は、現在に換算しておよそ一億円以上と計算されることとなる。

二匹の犬の値段が一億円以上というのは少々誇張しすぎだと思われるかもしれないが、作者が描いている、身なりのよい二人の紳士の金満ぶりが想像されるではなかろうか。

二人の紳士は、獲物を得ることができないで、鬱々としている。そこに西洋料理店の看板が目に入った。

RESTAURANT
西洋料理店
WILDCAT HOUSE
山　猫　軒

看板には〈西洋料理店〉の上に〈RESTAURANT〉という英語表記が、そして〈山猫軒〉の上にも〈WILD CAT HOUSE〉という英語表記が掲げられている。（『新校本宮澤賢治全集』十二巻 本文篇 29頁〜）

実際にその店に近付いて行くにつれ、おかしなことを記す案内があって、二人の紳士は疑問を持ちながらも、自分たちに都合のよいほうに解釈してどんどん進んでいく。まず最初に「どなたもどうかお入りください。決してご遠慮はありません」という文字が硝子の開き戸の表側に、そして裏側には「ことに肥ったお方や若いお方は、大歓迎いたします」と、いずれも金文字で書かれているのに牽かれて行くと、次の扉には「当軒は注文の多い料理店ですからどうぞそこはご承知ください」。その次には、鏡とブラシが用意してある扉に赤い文字で「お客さまがた、ここで髪《かみ》をきちんとして、それからはきものの泥を落としてください」とあり、扉の裏には「鉄砲と弾《た》丸《ま》をここへ置いてください」と書いてある。以下、次の黒い扉には「どうか帽子と外套と靴をおとり下さい」「ネクタイピン、カフスボタン、眼鏡、財布、その他金物類、ことに尖ったものは、みんなここに置いてください」と書いてある。その通りにして次の扉に行くと、「壷のなかのクリームを顔や手足にすっかり塗ってください」、扉の裏側には「クリームをよく塗りましたか、耳にもよく塗りましたか」と書いてあるので、またその通りにして進んで行くと、次の戸に「料理はもうすぐできます。十五分とお待たせはいたしません。すぐたべられます。早くあなたの顔に瓶の中の香水をよく振りかけてください」と。戸の裏側には「いろいろ注文がうるさかったでせう。お気の毒でした。もうこれだけです。どうかからだ中に、壷の中の塩をたくさんよくもみ込んでください」とあった。

これまで西洋料理店・山猫軒の看板に釣られて、ただ美味しい料理を食べたいということだけで、よく注意もしないままに次々と扉や戸を追ってきた二人の紳士だったが、さすがに異常を感じる。「西洋料理店といふのは……西洋料理を、来た人にたべさせるのではなくて、来た人を料理にして、食べてやる家」であることに気付いて、今の危険から逃れようとするが、もはや閉じこめられていて出ることができない。「いや、わざわざご苦労です。大へん結構にできました。さあさあおなかにおはいりください」と書いてある奥の扉の向こうから、二つの青い目玉がこちらをのぞいていた。親分への文句を言いながら、料理人のこちらの二人を呼ぶ声を聞いて、「二人は泣いて泣いて泣いて泣いて泣きました」と物語が語られる。

そのとき、突如、すでに死んだはずの白熊のような二人の紳士の狩猟犬が飛び込んできて、鍵穴の向こうの眼玉はなくなり、扉の向こうの暗やみの中で山猫の鳴声が聞こえたかと思うと、これまで二人が居た部屋が煙のように消えてしまう。

二人の紳士は、脱ぎ捨てた上着・靴・財布・ネクタイピンが散らばっている中で、寒さに震えて草の中に立っている自分の姿を見るのだった。二匹の犬も帰ってきており、専門の猟師がやってくるのに出会った。ということで、童話は締め括られる。

前掲の「収録作品について」において、天沢退二郎氏は「これは一種そら恐ろしい怪談であるが、ほんとうに『恐ろしい』存在というべきは山猫ではなくて、鹿の姿を見れば、『タンタアーン』と散弾銃をぶっ放すこの『紳士』どもの方であろう。広告ちらしのコメントには『糧に乏しい村のこどもらが都会文明と放恣な階級に対する止むに止まれぬ反感です』とある」と紹介している。

【Ⅱ】仏教思想＝「三毒」の戒めからの警告

賢治の時代は、近代日本が急転換を経験している時期である。賢治が生まれる直前に日清戦争で勝利を収めた日本は、さらに日露戦争勝利の経験を重ねた。その輝かしき明治の時代が終わり、新しき時代への展望を求めた思潮や動向が展開する。大正三年前後には丸ビルが建設されるなど、首都東京にも新しい息吹が生まれてくる。田中智学は、明治中期から活動してきた立正安国会の名称を「国柱会」と改称し、国家主義賛美を強めていく。

天沢氏が指摘するように、そうした東京を中心とする大都市の急激な発展・経済の集中化とは対比的に、地方は置き去りにされていくという声無き叫びが東北の地に充ち満ちていたことであろう。実際、その頃の銀行や保険会社などの経営は緒についたばかりで、ずいぶんな非道も行なわれたと聞いている。

それはともかく、この頃の賢治童話には〈真理のための捨身〉〈生命の尊厳〉〈生きとし生けるものの共生〉などの主題が繰り返されていたと思われるのである。今の「注文の多い料理店」にも、仏教的な言葉が語られることがないが、その根底に初期童話に通じるテーマがあると筆者は感じている。

同時に、「注文の多い料理店」の背後に、上記のような戒めが、仏教において基本的な思想の一つである「三毒」の警告として存在しているように感じるのである。仏教は欲望を否定し、それを超克していく教えである。その一貫として「三毒」が明らかにされる。「三毒」とは貪欲《とんよく》（貪《むさぼ》り）・瞋恚《しんに》（怒り）・愚癡《ぐち》（愚かさ・無知）をいう。

〈近代〉という語を、読者はどのような感覚で受け入れているであろうか。一般的に言えば、〈近代文明〉は封建制に立つ〈近世〉を乗り越えた時代であろう。しかし、賢治の見た〈近代〉とは、一面ですばらしい西欧の文明を日本にもたらすと同時に、「注文の多い料理店」の二人の紳士という主人公に見られるように、〈貪り〉に心を冒された人種を生み出している。近代産業・近代金融制度などは、すばらしい側面を持つと同時に、持てる者と貧困者とを生み出していった。いわゆる二極分解である。その矛盾を東北の地において体験すればこそ、「糧に乏しい村のこどもらが都会文明と放恣な階級に対する止むに止まれぬ反感です」という広告ちらしのコメントを、賢治が書き記さなければならない心境に引き込まれたのであろう。

賢治の周辺にいた人びとの証言によれば、賢治は実に穏やかな人格であったという。と同時に、賢治自身はいつも怒っている自分を制御しようとしているかに見える。『春と修羅』については後述するが、多くの詩編の中に、賢治が自己の心に沸き立ってくる〈怒り〉を押し止められないでいる。

修羅とは「血気さかんで、闘争を好む鬼神の一種」（『岩波仏教辞典』）とされる。一方では「阿修羅、怒れるかたちをいたして……眼を車の輪のごとく見くるべかして」（『宇津保物語』）という形相もあれば、地獄界・餓鬼界・畜生界の三悪道に対して、〈修羅界〉は人界・天界とともに三善道に入れられるという面もある。抑制のきかない〈怒り〉は悪であるが、善を実現するための正義の怒りは許されるものとされる。

賢治が押し止めようとしてとどめることのできない〈怒り〉とは、自己の煩悩としての怒りと、同時に仏陀の光をさえぎろうとするものへの善意の怒りとの両面が、賢治の中で懊悩している状態を意味するものではないかと、筆者は考えたいのであるが……。そのような基本の上に、〈修羅〉への懊悩が繰り返されているのではないかと思われるのである。

詩集『春と修羅』はすでに童話集『注文の多い料理店』執筆の前からスタートし、年を超えて展開している。したがって、詩集と童話集の基底に共通する懊悩が隠されていると考えるのが当然のことであろう。「注文の多い料理店」の中には、そうした懊悩は書かれてはいない。が、その他の作品の中にこうした懊悩が重大なテーマとして描かれていると考えたい。

ともかくこの作品の根底にある〈怒り〉は、善意の怒りであり、肯定される怒りであると言ってよいであろう。

また、〈無知〉についても、賢治はその点について直接的な非難を加えることはしないが、生涯を通じての貧しさからの脱出のための献身的生き方に確認できるように、そして祈りの文学の軌跡においても、〈無知〉からの脱出が賢治の大きなテーマであったと考えるのである。

「注文の多い料理店」は、文学の立場からすれば「一種そら恐ろしい怪談」であろう。と同時に、仏教者賢治、法華経者賢治としては、こどもに読み聞かせる童話を通して語りかけたい〈貪り・怒り・無知〉という三毒からの超克を願うという基本的姿勢を、仏教語を用いずに語りかけようとしている面があるのではないかと思うのである。

第二章　春のイメージと修羅の懊悩
＝『春と修羅』の主題＝

【I】菩薩の祈りに生きることと、修羅のごとき己れの存在

序

わたくしといふ現象は
仮定された有機交流電燈の
ひとつの青い照明です
（あらゆる透明な幽霊の複合体）
風景やみんなといつしよに
せはしくせはしく明滅しながら

いかにもたしかにともりつづける
因果交流電燈の
ひとつの青い照明です
（ひかりはたもち、その電燈は失はれ）

これらは二十二箇月の
過去とかんずる方角から
紙と鉱質インクをつらね
（すべてわたくし［し］と明滅し
みんなが同時に感ずるもの）
ここまでたもちつゞけられた
かげとひかりのひとくさりづつ
そのとほりの心象スケッチです
………

（『新校本宮澤賢治全集』第二巻 詩【Ⅰ】本文篇 7頁〜）

詩集『春と修羅』は実に難しい作品ではなかろうか。

それでも高村光太郎が「詩魂の厖大、親密で源泉的、一宇宙的存在」と評したというが、さすがであると思う。ほかにダダイスト辻潤《つじじゅん》が賢治の「特異な個性、独創性を高く評価した」というのも首肯《うなず》ける。詩人佐藤惣之助が『日本詩人』に紹介し、「特異、峻才的な、しかも鬼気さへもつ詩芬ではないか」と称賛したという。賢治はこの佐藤惣之助の一文を出版案内に引用している。

「春と修羅」この詩集はいちばん僕を驚かした。何故なら彼は詩壇に流布されてゐる一個の語葉を所有してゐない。否　かつて文学書に現れた一聯の語藻も持つてゐない。彼は気象学、鉱物学、植物学、地質学で詩を書いた、奇犀冷徹その類をみない。（『年譜　宮澤賢治伝』一七九頁）

まず、『春と修羅』の「序」のはじめの部分を挙げたが、いかにも賢治は詩集への雄大な抱負を率直に記しているように感じられる。しかし、この出だしからして実に難解で、国文学者や詩人たちが理解に苦しんでいるようにも思われる。ところが、前掲（三三頁）の賢治の【書簡50】と照らすと、一挙にこの構想の根幹をなす賢治の思いがわかるのではないかと推察できるのである。もう一度、その肝心な部分を挙げてみよう。

至心に帰命し奉る万物最大幸福の根原　妙法蓮華経
至心に頂来し奉る三世諸仏の眼目　妙法蓮華経
不可思議の妙法蓮華経もて供養し奉る一切現象の当体　妙法蓮華経
……
南無妙法蓮華経と一度叫ぶときには世界と我と共に不可思議の光に包まれるのです
あゝその光はどんな光か私は知りません
只　斯の如くに唱へて輝く光です

先述したように（三四頁参照）「法華経」と言ったとき、経巻を指していることもあるが、さらにその『法華経』という経巻に内蔵される究極の教え（真理）を開示して、一切衆生を悟りの世界に引き入れるという主旨をあきらかにすることを語っているのである（もちろん、この経巻という意味と、仏教の究極の教えという意味との間に、さまざまな表現があるのであるが、ここではその大綱についての理解を読者に求めたいと思う）。この点については、故茂田井《もたい》教亨《きょうこう》（立正大学教授）が強調するところであるが、さらに故平川彰（東京大学教授）が先述の著書で、仏教学の見地から法華経の思想的成り立ちについて論じている。なお、賢治が入会していた国柱会創始者の田中智学が導かれ学んだ日蓮聖人は、法華経の究極を南無妙法蓮華経の題目と位置付けている。賢治が以下に確かめるように、三方向から『妙法蓮華経』の意義付けをしているのも、こうした基盤に基づいているのである。

さて、原文を引用するにあたって、仮に妙法蓮華経の意義解明についての三つの表現に番号を宛ててみた。最初の「万物最大幸福の根原　妙法蓮華経」というのが、筆者がいうところの〈究極の教え（真理）〉ということになる。「三世諸仏の眼目　妙法蓮華経」とは、それがあらゆる仏陀がすべての衆生に伝える教えであることを明らかにしているのである。

その上で「不可思議の妙法蓮華経もて供養し奉る一切現象の当体　妙法蓮華経」というのが、究極の教えの光に照らされたすべての現象という意味を明らかにしているのである。

〈悟り〉というと、遠い彼方にあるものとわれわれは思いがちである。ところが、日蓮聖人は『法華経』の教えを開示することによって、すべての仏典の到達点を見たとされた。言い方を変えると、日蓮聖人は『観心本尊抄』（詳しくは『如来滅後五五百歳始観心本尊抄』）で、すべての凡夫の心に仏陀の悟りの世界を宿していることを、凝縮して語り示しているのである。さらに言い換えれば、「凡夫の心に仏陀の世界を宿す」（凡心具仏界＝凡心に仏界を具す）ということになる。※

＊この理解は、日蓮の『観心本尊抄』解釈を中心に論じられている。茂田井教亨『観心本尊抄研究序説』

（山喜房仏書林）、渡辺宝陽・小松邦彰『日蓮』（日本の仏典9・筑摩書房）、『日蓮宗事典』（日蓮宗）等参照。

そうした意義付けから、賢治が科学に託した表現をすると、普通の人間の存在は有機的な交流電灯がはたらいているような存在で、いわば「一個の青い照明」のようなものだということになるのであろう。言い方を変えれば、〈あらゆる透明な幽霊の複合体〉こそ、悩み多き人間が生きている姿なのだというのである。

そのことを現実の人間生活として描くと、「風景のなかで、人類という同種の意識をもって、忙しそうに電気が点いたり消えたりして灯しつづけられながら」生存し、死していく人間の姿は、因果の法則の通りに交流していく電灯の一個の照明のようなものだ、というのであろう。それぞれの人間は自覚的にそれを認識していなくても、人間（凡夫＝凡人）が自己を「一個の青い照明」のようなものと見ていても、仏陀によって見そなわされている因果の法則によって、仏陀が超越的に存在すると同時に、すべての衆生に内在するという普遍的ありようを示している。その仏教教理、乃至、仏教思想の奥義を、「因果交流」として意味付け、さらに「因果交流電灯」と科学的知識が横溢している賢治らしい表現をもってそれを示していると考えてよいと思う。

そのように、仏陀の光は末法の今においても伝えられ、人びとの心に仏陀の法界は厳然として内在されていることを確かめる。しかし、人間の具体的行動ということになると、せっかくの仏陀の大いなる慈悲を人間（衆生）は認識していない。仏陀の法界は厳然として衆生にはたらきかけられているけれども、衆生の側はその認識に欠けているのである。賢治は、そのことを次の（　）の中にまとめて次のように歌いあげる。

（ひかりはたもち　その電灯は失われ）

日蓮聖人が法華経の行者として身命を賭けて、久遠の仏陀釈尊の末法の衆生への眼差しを伝えたのは、仏陀の教えが末法の衆生に向けて示されているのに、その輝きを衆生が受領できないでいるからであった。つまり「教えの光が示されているのに、それを受ける人間が時代の不透明（濁れる時代性）と衰えた人間の機能とによって、人間がそれを受け取ることができないでいる」ということである。そのことの趣旨を、賢治は近代社会の現実的感覚で受け取り、生きる方向指示を認識し、ここに表現していると考えられる。そうした深い思いが、〈ひかりはたもち　その電灯は失われ〉と表現されているのだと思う。

　これらは二十二箇月の
過去とかんずる方角から

紙と鉱質インクをつらね
（すべてわたく［し］と明滅し
　みんなが同時に感ずるもの）
ここまでたもちつゞけられた
かげとひかりのひとくさりづつ
そのとほりに心象スケッチです

年譜によると、大正十一年（一九九二年）一月六日に、心象スケッチ「屈折率」「くらかけの雪」、九日「日輪と太一」、十二日「丘の幻眩」「カーバイト倉庫」を書いた。

賢治がその前年、大正十年一月下旬に出奔し、国柱会本部で奉仕に身を捧げようとするも断られ、東京帝国大学・赤門前の小印刷所で働きながら、同会理事の高知尾智耀のすすめによって童話制作に熱中。親友の保阪嘉内には熱心に国柱会への入信を誘い、また父政次郎からの帰郷の勧めに対して、逆に法華経と日蓮聖人に帰依するように求めたのであった。結局は、母に「やはり、私が、数年間、帰ることが必要ならば、すぐにも戻ります」と手紙に誌した通りにその年の八月に花巻に帰り、稗貫《ひえぬき》農学校の教師になる。その直前、七月十三日の関徳弥への手紙に「これからの宗教は芸術です。これからの芸術は宗教です」と誌し、その下旬には「保阪さん。この経に帰依して下さい。……そうでなかったら私はあなたと一緒に最早、一足も行けないのです」と誌している。十月十三日には保阪嘉内に妹の病気が快方に向かっていることを告げ、十一月十日には童話「注文の多い料理店」を書き、十二月には保坂あてに稗貫農学校へ出ていて、「学校で文芸を主張して」いることを書き送っている。

賢治が詩集「春と修羅」を刊行することを期して、「序」を書いたのは、大正十三年（一九二四年）一月二十日であった。それから逆算すると二十二箇月前とは、大正十一年三月前後ということになる。その前年あたりからの数年は、賢治にとって疾風怒涛のごとき状態であった。前述の出奔、童話執筆、帰郷、そしてその間の妹トシの病気。妹トシは、この間の大正十一年十一月二十七日に死去する。『春と修羅』に収められる「永訣の朝」「松の針」「無声慟哭」にこの日の様子が描かれている。東京への往復、あいつぐ詩作があり、かなり行動的でもあったという。賢治は、大正十二年七月末に農学校生徒の就職依頼のため、北海道を経由して、当時は日本の領土であった樺太（サハリン）に旅行するが、その地で結果として妹トシへの挽歌が生まれたのであった。「青森挽歌」「津軽海峡」「駒ケ岳」「旭川」「宗谷挽歌」「オホーツク挽歌」「樺太挽歌」「鈴谷平原」などがそれである。

引用した「春と修羅」の「序」の一節は、そうしたほぼ二年間＝二十二箇月の間、葛藤と希望のなかに生きる賢治の心象風景をうたった詩の集成であることを言っていると思う。そして、そのなかで、

（すべてわたく［し］と明滅し
みんなが同時に感ずるもの）

という一節は、前述したような人間観に立って、悩みながら仏陀の境地と理想とを求める人間として、一生懸命に生きることを共感していく人間として感じることをうたい上げることを表わしているものであろう。

以下の文章中に、

（すべてわたくしがわたくしの中のみんなであるやうに
みんなのおのおののなかのすべてですから）

というのは、法華経教学の中で言われる、上は仏陀の法界から下は地獄の法界に至るまでの十法界（または十界）を、生きとし生ける者はすべて互具互有しているという人間世界の観察をうた

い上げているものであろうし、ちなみにこれらは、法華経思想の上では「十界成仏《じっかいじょうぶつ》」というテーマの上に成立していると言えるであろう。

続いて、次の部分に移ると、地球生成の巨大な時間の流れのなかで人間が生きてきた営みには、きびしいものがあったはずである。それらのきびしい営みを「修羅の十億年」に例えるのである。

けれどもこれら新［生］代沖積世の
巨大に明るい時間の集積のなかで
正しくうつされた筈のこれらのことばが
わづかその一点に均しい明暗のうちに
（あるひは修羅の十億年）

（『新校本宮澤賢治全集』第二巻　詩【Ｉ】本文篇　８頁）

修羅の理解について、国文学者の方々が広く事例を収集して考察を加えられている。が、賢治のいう「修羅」は前述したように、苦悩に生き、現実の矛盾と苦闘していることをイメージして言っているのではないかと愚考する。「修羅」は「阿修羅」のことで、もともとはインド神話としてヴェーダ聖典や叙事詩などに「悪神」「闘争してやまぬ者」として語られている。仏教では六道の一つで、天竜八部衆の一つに数えられ、〈鬼神〉のイメージで捉えられている。須弥山《しゅみせん》の大海底にその住居があるとされる。

阿修羅は、善鬼と悪鬼との両面を持つとされる。悪鬼は文字通り悪事を働く面であり、善鬼は善を明らかにするために悪を懲らしめるといわれる。

人類発生以来、十億年もの間、人間は善への道に導きの可能性を受けていながら、たえず苦闘し、修羅の闘争を繰り返してきたという人間観に立って、賢治は世界を、人類を、その文化を、宗教を見つめていたものと受けとめたいと思うのであろうか。その間、人類は発展の道を辿ってきたのであるけれども、そこにはあまりにも、この世の法則を純粋に受けとめるにはさまざまな制約があったことを、九行後に、

（因果の時空的制約のもとに）

（『新校本宮澤賢治全集』第二巻 詩【Ⅰ】本文篇 9頁）

と記しているのである。しかも、そうした中にも明るい希望を次のように描いていると見るこ

とができよう。

青ぞらいつぱいの無色な孔雀が居たとおもひ
新進の大学士たちは気圏のいちばんの上層
きらびやかな氷窒素のあたりから
すてきな化石を発掘したり
あるひは白亜紀砂岩の層面に
透明な人類の巨大な足跡を
発見するかもしれません
すべてこれらの命題は
心象や時間それ自身の性質として
第四次延長のなかで主張されます

（『新校本宮澤賢治全集』第二巻 詩【Ⅰ】本文篇 9～10頁）

以下にいくつかの詩について、法華経世界との関連を見たいと思うが、まず言っておきたいのは、「春と修羅」という詩集は明るいイメージや透明な天空に通じるような明るさで一貫しているということである。それは後に述べるように、妹トシへの哀悼をうたい上げる悲しい調べのなかにも一貫しているのではないかという感じを受けるのである。

【Ⅱ】菩薩への思慕と修羅の悔恨

一、「春と修羅」に見るほろ苦さ

宮澤賢治は菩薩の生き方を願って、一生を真剣に生き続けた。賢治は特に法華経の常不軽菩薩の生き方を規範としているが、ただ『雨ニモマケズ手帳』を見ても、その基礎には久遠の釈尊の本弟子である「上行・無辺行・浄行・安立行という四菩薩を代表とする六万恒河沙の地涌の菩薩」への帰依があることを忘れてはならないであろう。

菩薩の生き方は、賢治にとって決して単なる人生の案内人では有り得ないのであったと思う。仏教には「歴劫修行《りゃっこう》」ということが何気なく所々に語られている。つまり、われわれの生は今の人生で畢《おわ》るものでなく、生と死とを繰り返し続けながら、歩みを続けていくのだという受け取り方である。法を求めぬ者にとっては、生と死との繰り返しは苦悩の連続となってしまうが、仏法を求め続ける者にとってはそれは修行の積み重ねである。

こうした人生観は、日本人の多くがそれほど自覚的でないにしても持ち続けた観念ではなかったろうか。その上に、賢治は幼少の時から仏教の教育を受けている。したがって、そうした素朴な感性はやがて次第に確固とした人生観・世界観に熟していったことであろう。だからこそ、賢治が菩薩としての願いを高めれば高めるほど、もう一方の声が「おまえは修羅の生き方をしているのではないか」と語りかけたのではないだろうか。

修羅の意識については優れた研究が数々あることであろうが、今手元の『全集』を多少見開いても、修羅の意識が生涯を通じて賢治の声となっていることに改めて驚くのである。

賢治の生前に発行された唯一の詩集『春と修羅』は大正十三年四月二十日に東京・京橋の関根書店から発行されたことは周知のことであるが、実際の詩作はそれより早いはずである。

賢治の作品には「心象スケッチ」とか（mental sketch modified）と名付けられたものが何点かある。『春と修羅』は大正十一～十二年頃の詩集を集めたものであるが、この詩集の前の方に所収された同名の詩「春と修羅」も、まさに「心象スケッチ」そのものの詩と言ってよいであろう。

心象のはいいろはがねから
あけびのつるはくもにからまり
のばらのやぶや腐植の湿地
いちめんのいちめんの諂曲《てんごく》模様
(正午の管楽《くわんがく》よりもしげく
琥珀のかけらがそそぐとき)
いかりのにがさまた青さ
四月の気層のひかりの底を
唾《つばき》し　はぎしりゆききする
おれはひとりの修羅なのだ
(風景はなみだにゆすれ)
砕ける雲の眼路《めぢ》をかぎり
　れいらうの天の海には
　聖玻璃《せいはり》の風が行き交ひ
　ZYPRESSEN　春のいちれつ

くろぐろと光素《エーテル》を吸ひ
　その暗い脚並からは
　　天山の雪の稜さへひかるのに
　　（かげらふの波と白い偏光）
　　まことのことばはうしなはれ
　　　雲はちぎれてそらをとぶ
　　ああかがやきの四月の底を
　　はぎしり燃えてゆききする
おれはひとりの修羅なのだ
（玉髄の雲がながれて
どこで啼くその春の鳥）
日輪青くかげろへば
　修羅は樹林に交響し
……………………

（『新校本宮澤賢治全集』第二巻 詩【I】本文篇 22～23頁）

春を讃えつつも背後にある不安をうたった詩想のすばらしさと、詩を読むだけで伴ってくるやわらかで甘美なメロディーに誘われて、ついつい引用が長くなってしまった。

この詩は四行からなる言葉の後に括弧で二行の言葉がつづくという構成で始まっているが、この僅かな言葉の中で、いわば二節目と四節目にあたる部分の最後の行に「おれはひとりの修羅なのだ」と繰り返している。

修羅とはサンスクリット語（インドの古代文章語）のasuraの音写で「阿修羅」を略した言葉である。血気盛んで闘争を好む鬼神の一種で、神suraでないものという意味でasuraといわれるという（aは否定辞）。

賢治はこの詩で、道を求め、理想を追求しようとしながら、絶えず「おれはひとりの修羅なのだ」という思いに駆られている、重くのしかかってくるような苦悩、人生の憂鬱の心象風景を歌わずには居られなかったのであろう。

二、修羅と修羅道

これまでの文学者たちの修羅の解釈は、奈良の諸寺院等にまつられる阿修羅のおどろおどろした木像のイメージでとらえているようである。阿修羅はもともと仏教に敵対していたが、後に仏法守護の神となった。その姿が諸寺院に存在する修羅像なのである。しかし、そのもともとのイメージは、仏典では「天人と修羅とが常に争っていて、修羅は天の威力を損なわせるために人間に悪を造らせ天に生まれさせまいとする」というように、真理に従おうとしないものなのである。

さらに言えば、後に触れることになると思うが、法華経を中心とする仏教では、この世界に生きとし生ける者を、真理をどれだけ体得したか、どれだけ近づこうとしているか、どれほど真理を顧みようとしないかということを基準として、十の法界を立てている。上は仏界（仏陀の世界）を最高とし、菩薩・縁覚・声聞の法界と合わせて四聖界《ししょうかい》（さとりに至る聖なる四段階の境地）と呼ぶ。それに対して迷いの法界は「六道輪廻《ろくどうりんね》」という言葉に明らかなように、天（神々）・人・阿修羅と、苦しみの極致にさまよう三悪道の法界と、合わせて六道の迷いの世界を流浪しているのだという。修羅界は人間界の下にあって、闘争に生きている世界と考えられている。もちろん、闘争には善い闘争と悪い闘争とがある。

そう考えてくれば、賢治の闘争はまさに真面目な人生との戦いであったのであろうが、幼少年時代から懺悔を信仰の証とする宗教的雰囲気のなかで育った賢治は、自分の生き方を修羅であるとする深い反省の日々を送ったといってよいであろうか。

　賢治が詩集『春と修羅』を出版しようとして「序」を書いたのは大正十三年（一九二四年　賢治二十八歳）一月二十日のことであったというから、「春と修羅」はいずれにしてもそれほど時間が経過した作品ではあるまい。賢治の年譜を振り返ってみると、大正十年こそは賢治にとってまさにシュッルム・ウント・ドランク（疾風怒濤）のごとき年であった。一月には家出をして東京に下宿して国柱会に奉仕、この間、四月には父政次郎とともに聖徳太子千三百年忌、伝教大師千百年遠忌に参詣。八月、妹トシの容体悪化のため帰郷。童話を書き、十二月から稗貫農学校教諭となる……というふうに、転換が厳しかった。すでに賢治はその前々年、大正八年、妹トシの看病をしながら鶯谷の国柱会中央事務所を尋ね、また田中智学居士の講演を聞いているが、大正九年（一九二〇、賢治二十四歳）旧暦の九月十二日（太陽暦の十月二十三日）に国柱会に入会する。その日こそ、日蓮聖人が龍口法難を受けてから六百五十年の聖日に当たっていたからである。そして、この年の十二月には町内を歩いて寒修行をしたのであった。

　宮澤家は実業の家であるから、本当は上級の学校への進学などはせずに、家業の中で生活をさせたかったようである。しかし、賢治は学問に目覚め、理想を知り、宗教世界に分け入ってしまっていた。それゆえにまた、賢治の悩みは深いものであったろう。

　賢治のそうした悩みというものは、一面では今言ったような家庭環境をめぐる直接的なものでもあったろう。しかし、実は賢治が「おれはひとりの修羅なのだ」と言うとき、それは賢治という宗教的修道心・文学的感性・科学的直感にすぐれた天才の悩みであったといっては言いすぎであろうか。ともかく、その悩みは人間が生きることのどうにもならない修羅性を鋭く抉ったものであることに間違いはないであろう。

三、「いかり」への恐れ

賢治は「いかり」への恐れに敏感であった。仏教では「むさぼり（貪）・いかり（瞋）・無知（癡）」を三毒と呼んで、これに陥ってはならないと戒めているのである。賢治の病中の恐れは、こうした根本的な恐れであった。

大正九年（六月〜七月頃）の保阪嘉内あての手紙には、自分へのどうにもならない怒りについて告白をしている。

お手紙ありがたうございました。

お互にしっかりやらなければなりません。突然ですが。私なんかこのごろは毎日ブリブリ憤ってばかりゐます。何もしやくにさわる筈がさっぱりないのですがどうした訳やら人のぼんやりした顔を見ると、「え、ぐづぐづするない。」いかりがかっと燃えて身体は酒精に入った様な気がします。机へ座って誰かの物を言ふのを思ひだしながら急に身体全体で机をなぐりつけさうになります。いかりは赤く見えます。あまり強いときはいかりの光が滋くなって却て水の様に感ぜられます。遂には真青に見えます。確かにいかりは気持が悪くありません。関さんがあゝおこるのも尤もです。私は殆んど狂人になりさうなこの発作を機械的にその本当の名称で呼び出し手を合せます。人間の世界の修羅の成仏。そして悦びにみちて頁を操ります。本当にしっかりやりませうよ。

あなたの様に心的にも身的にも烈しい動きをしなければならない状態ではいつもこんなことはお感じでせう。

まだ、まだ、まだ、まだこんなことではだめだ。

専門はくすぐったい。学者はおかしい。

実業家とは何のことだ。まだまだまだ。

しっかりやりませう。――しっかりやりませう。（以下、同文を十九回繰り返す。筆者註）

かなしみはちからに、欲《ほ》りはいつくしみに、いかりは智慧にみちびかるべし。

（『新校本宮澤賢治全集』十五巻一八六頁以下）

後に保阪嘉内とは訣別するが、この頃は賢治と保阪との間はきわめて親密な関係にあった。賢治は親友保阪に自分のうちの心の動きを余すところなく赤裸々に告白している。この手紙もそういう意味で非常に貴重なものだと思うが、これによると賢治は怒りのために発作が起きたようになったことがよくわかる。怒りが起きるとアルコールを飲んだようにかっと身体が燃え、身体全体で机をなぐりつける寸前までいってしまう。そのとき、怒りは赤く見え、またそれがあまりに強まりすぎると怒りの光がはしげくなって、かえって水のようになってしまい、最後には真っ青に見えるのだと賢治は述べている。しかもこの怒りの中にある状態は、結構気分の好いものだと言う。

賢治はなにも特定のことがあって怒っているわけではない。ただ使命感に燃えることなく、のんべんだらりと無為に過ごしている人がいると、そのことに大きな反発を感じてしまうのだと言う。

こうして賢治の言葉を追ってみると、賢治の怒りとは決して単なる「貪・瞋・癡の三毒」の中の瞋毒（怒りは身を破る）ということではないのである。だからこそ、怒りは気持好いものだということになるのであろう。しかも賢治はこの狂おしい発作の中で、宗教的エクスタシーを感じるのだという。「怒り」という行為の中で宗教的エクスタシーを感じるということの不可思議さのゆえに、別の親友の関徳弥が不可解であると怒ったというものであろうか。

　そしてその宗教的エクスタシーについて、「殆ど狂人にもなりさうなこの発作を機械的にその本当の名称で呼び出し手を合わせます」と述べている。文法的には必ずしも意を汲むことが容易とは言えない文章構成であるが、仏陀釈尊の根原の名である「南無妙法蓮華経」を唱えることによって、「人間の世界の修羅の成仏」を一心に請い願う喜びを言うのであろう。

　賢治は法華経信仰によって仏陀釈尊に出会える喜びを得た。しかもその真の名である「南無妙法蓮華経」を唱えることによって久遠の釈尊を呼び出す喜びを得た。その悦びを知った賢治にとって、逆にそのことに気付かずにいる人々の生き方は怒りの対象にならない訳にはいかなかった。そこに賢治の怒りの根があったことを、この文章は語るものであろうか。

四、人間の世界の修羅の成仏

はしなくも、ここに「人間の世界の修羅の成仏」ということが明確に語られていることは興味深い。実はこの手紙に続く七月二十二日の保阪嘉内あての手紙の中で、賢治は次のように述べて、法華経の地涌の菩薩の応現であることを自ら表明された日蓮聖人にいのちを捧げて生きる信仰を

大法輪閣ロ

太田久紀 著

「唯識」の読み方 凡夫が凡夫に呼びかける唯識

唯識学の第一人者が、誰にでも理解できるように、身近な話題を交え平易に説いた入門書。

六四八〇円 ＊

深浦正文 著

唯識學研究 上巻【教史論】下巻【教義論】

唯識思想の歴史と、唯識教理のあらゆる関係事項を網羅した名著。

上巻一〇八〇〇円 下巻一六二〇〇円 ＊

アル…ッレ・スマナ… 著

人生はゲームです ブッダが教える幸せの設計図

もし生き方がわからなくなったら…。ブッダが教える「幸せに生きるための思考法」を紹介。

一七二八円

安田暎胤・平岡定海 他共著

日本仏教十三宗 ここが違う

本尊や教義など共通の設問を通して各宗派や流派の相違をとらえる。

一九四四円

曽我量深選集【全12巻】

編集代表 金子大栄 ＊

清沢満之の学統を継いで近代真宗学を確立した曽我量深先生。その先生の明治30年代より昭和46年、遷化に至る間の著述講義を年代順に編纂。その独創的思想と信念の全貌を明らかにする。

セット価格八九四二四円（送料無料）／分売可（送料二一〇円）

曽我量深講義集【全15巻】

＊

『曽我量深選集』に未収録の、戦後発表の講話・聞書を年次を追って収録。第1巻・本願成就、第2巻・本願の国土、第3巻・大無量寿経講義、第4巻・教行信証内観、第5巻・荘厳の世界観、第6巻・現在に救われよ…他。

セット価格四四〇六四円（送料無料）／分売可（送料二一〇円）

安田理深講義集【全6巻】

＊

第1巻・呼びかけと目覚め—名号、第2巻・親鸞における主体と問題—信心、第3巻・仏教の人間像—仏弟子、第4巻・存在の故郷—浄土、第5巻・親鸞の宗教改革—共同体、第6巻・親鸞における時の問題—歴史。

セット価格一七二八〇円（送料無料）／分売可（送料二一〇円）

大無量寿経講義【全6巻】

大地の会 編 ＊

曽我量深・金子大栄・安田理深・蓬茨祖運・信国淳師など、現代の真宗大谷派を代表する講師らを招いて年に一度、約一週間の聞法会が在野で開かれていた。今や稀覯本となった、この貴重な名講義録を復刊。

セット価格二六七八四円（送料無料）／分売可（送料二一〇円）

価格は平成28年7月現在（8%の消費税込み）　送料は、ご注文数にか

得ているのである。

「ソノ間私ハ自分ノ建テタ願デ苦シンデヰマシタ。今日私ハ改メテコノ願ヲ九識心王大菩薩即チ世界唯一ノ大導師日蓮大上人ノ御前ニ捧ゲ奉リ新ニ大上人ノ御命ニ従ツテ起居決シテ御違背申シアゲナイコトヲ祈リマス。サテコノ悦ビコノ心ノ安ラカサハ申シヤウモアリマセン。」

（『新校本宮澤賢治全集』十五巻一八八頁）

これまで述べてきた賢治の菩薩道への傾倒は、まさにここに決定されたといってよいであろう。しかもそのような法華経信奉の道程において、賢治は「人間の世界の修羅の成仏」ということを言っているのである。菩薩の教えに包まれたいと願うその場所、同時的に修羅としての苦悩と苦闘とがあるというのである。

おそらくこのような感受の仕方は東洋的思惟ないし東洋的感性なくして語ることはできないであろう。それは、法華経の教学からすれば、「十界互具」という世界観であり、人間の認識にもとづいているものであろう。すなわち、われわれの一瞬をよぎる心（「一念」）の中に結局は三千の法界がすべて宿っている（「三千」）という「一念三千の法門」こそ法華経に根ざした世界観である。その構成を明らかにする上で「十界互具」が明らかにされる。十界とは仏・菩薩・縁覚・声聞の四聖界と、天・人・修羅の三善道と及び畜生・餓鬼・地獄の三悪道（合わせて六道）の迷いの世界とのすべてを意味するものである。

われわれの今日の常識では「悟り」と「迷い」の世界は隔絶しなければならないと考えるのが普通であろう。しかし、法華仏教ではこの十の法界はお互いに具有し合っているのであるから、菩薩を求める心のうちに修羅の心がはたらくことも充分尊重しなければならないのである。しかも詩人賢治は、このことを学びながら自分の心の中に菩薩と修羅との葛藤を見出し、それをリアリティーを伴って、作品化しているのである。

求道心と葛藤する心というのは、文字づらで言えば相対立する概念である。しかし、求道の心がつよければつよいほど葛藤は大きくなる。前掲の保阪嘉内あての手紙について、わかったようなことを書いたが、しかし実はあの手紙の内容は決して整えられているとは言いがたい。それはなぜかと言えば、賢治の求道の思いと葛藤とがまじり合った心のカオスをキャンバスに叩きつけるような調子で、手紙に書きつけていると思われるからである。手紙にあるように、賢治は「身体全体で机をなぐりつけそうに」なったり、「いかり」が「赤く見えたり」、「いかりの光が……真っ青に見え」たりしたのであった。板谷栄城氏は、賢治の文学的感性の基幹は「心象の青い光」にあることを強調し、彼の宗教・文学等のすべてが、心象の青い光を感じ、見るその感性をもととしていることを確認せねばならないと述べている（ＮＨＫブックス『宮沢賢治の見た心象』）。賢治はオホーツク紀行をはじめ、おりおりに不可思議な光景を体験したといわれている。賢治の求道と葛藤との体験においても、おそらく同様なことがあったと推察しても誤りはないであろう。いわば賢治は、喜びも悲しみも怒りも哀しみも、すべて全身全霊で感じとることのできる人であったのであろう。「人間の世界の修羅の成仏」とは、仏陀釈尊のお悟りの世界を遠くに感じるのでなく、そうした求道と葛藤のその現実の場所に仏陀の救いを感じとり、そこに本来の自己の安住を見定めることであった。

そのような救いは日蓮聖人の指示にもとづく法華経の救いであり、「十界成仏」の教えであった。賢治はそのことを確信したからこそ、前掲の手紙の末尾に、「悲しみは力に、欲望は慈しみに、瞋りは智慧に（それぞれ）導びかれるであろう」という趣旨を結ぶことができたのであろう。最初に掲げた「春と修羅」は、前述の保阪嘉内への手紙のあと、二、三年のうちに書かれたことになる。「心象スケッチ」を文字に刻みながら、「おれはひとりの修羅なのだ」と繰り返した賢治は、希望と憂鬱とのないまぜの中で、全身全霊を賭けた祈りをこの詩に託しているのであろう。そして、晩年の『雨ニモマケズ手帳』に至るまで、菩薩の祈りと修羅の葛藤とは、賢治の生涯をつらぬく全人間的な祈りとして一貫しているように思われるのである。

【Ⅲ】「春と修羅」と法華経の世界

文学者たちがこの詩「春と修羅」をどのように読み取っているのかよくわからないが、私には非常に難解に感じられる。

最初に「春と修羅」と題名がかかげられて、その脇に（mental sketch modified）と記されており、賢治が繰り返し用いる〈心象風景〉というイメージがなんとなくわかるような気がして鑑賞するという感じである。

しかし、待てよ！　と考えこむ。賢治が〈心象風景〉と表現する世界は、すでに賢治が法華経世界に没入している境地からの叫びではないのか、という気がするのである。

前述の通りに修羅の嘆きを、法華経の真理から遠ざかろうとしてしまう凡夫の苦悩の延長上にある修羅の苦悩として捉えると、賢治の〈心象風景〉は悠久の法華経世界の中に包まれながら、なお苦悩の徒として惑いの歩みをしている修羅とを含んだ、いちだんと広い仏陀の慈愛を示す法華経世界ということになるのではないだろうか。

文字通りに心象風景であるから客観的に捉えることは不可能かもしれないが、詩の最初の「心象の」から、すでに賢治が法華経世界に包まれていながら、なお現実の汚濁の世界に捉われている心境を描いたものと考えると、少しわかる気がする。「はいいろはがねから／あけびのつるはくもにからまり／のばらのやぶや腐植の湿地／いちめんのいちめんの諂曲※模様」。山野は美しいはずなのに、蔓がからまったり、野薔薇の薮も腐った湿地となっているような状態になっていて、一面が邪悪に侵されているというのである。このような情景描写は、同じ『春と修羅』に収録される「小岩井農場」にも見えている。

※「諂曲」とは、他におもねり、自らの心を捩じ曲げること。へつらい。邪悪の意。

（正午の管楽よりもしげく
琥珀のかけらがそそぐとき）

農学校の正午には管弦楽でなく、管楽（ブラスバンド）がけたたましく音を鳴り響かせていたのだろうか。それよりも激しく琥珀が降り注ぐ光景。つまり、地上の見にくさに対して、天空からの素晴らしい宝石のプレゼント、という対比である（以下にも、このような対比が繰り返されるように思われる）。琥珀は岩手県久慈市の特産で、奈良時代に東大寺まで運ばれたとのこと。仏典には、七宝による装飾や恵みが所々に説かれている。七宝とは、七種の宝のことで、『法華経』では金・銀・瑠璃《るり》・玻璃《はり》・瑪瑙《めのう》・真珠・珊瑚《さんご》などがあげられるが、他の組合せの例もあって一定しているわけではない。『無量寿経』では琥珀《こはく》も数えられており、賢治はそうした七宝の天空からの恵みをイメージしていたと考えてよいのではなかろうか。

次の段に進もう。「おれはひとりの修羅なのだ」というフレーズが繰り返される。これが賢治のこの詩の主題なのだと思う。賢治は物静かな人で、大声を出すようなことはなかったという。しかし、それだけに深刻に自己の心に問いかけていくとき、仏教で戒められる三毒の一つ〈瞋《しん》恚《に》〉（いかり）がふつふつと湧いてくる。

どうして理想に向かって真っすぐ進めないのだ？　という底知れぬ〈いかり〉が湧いてくるのである。それは相手に向かって怒号を浴びせるような自己を破る怒りではない。真理に向かう己れを、心の底から戒める鋭い〈いかり〉である。

四月の気層から放たれた光に照らされているのに、その底に向かって唾《つば》をかけて、どうにもならない自分に歯軋《はぎし》りする一人の修羅の悲しみ。「いかりのにがさまた青さ」という句に恵みの光と歯軋りする修羅との対比に連なるものがある。〈いかり〉は「苦《にが》い」、と同時に恵みの「青さ」

にも連なる。「四月の気層のひかりの底を／唾し　はぎしりゆききする／おれはひとりの修羅なのだ」と。

その心境で「風景はなみだにゆすれ」とうたうのである。

次の段にいくと、「玲瓏の天の海には　聖玻璃の風が行き交う」光景に移っていく。透き通るように美しい天の海に、清らかなギヤマン（ガラス）の風が行き交っていく。ツィプレッセン（糸杉）が春の丘に一列に生い茂り、葉の色は黒々としていてエーテルを吸っている。丘に並ぶ糸杉の暗いイメージの光景からは、天山山脈の雪の稜線さへ光り輝いている。その心象を集約して、「かげろうの波と白い偏光」を見る。

実に美しくも、また悲しさを讃えつつ、また遥かなるシルクロードの天山山脈の雄大な光景に転じている。それなのに、仏陀の真理の言葉は失われてしまっている。四月の輝きの中に、「おれはひとりの修羅なのだ」と叫ぶのである。

　まことのことばはうしなはれ
　雲はちぎれてそらをとぶ
ああかがやきの四月の底を

はぎしり燃えてゆききする
おれはひとりの修羅なのだ
（玉髄の雲がながれて
どこで啼くその春の鳥）

（『新校本宮澤賢治全集』第二巻 詩【Ⅰ】本文篇 247頁）

玉髄という言葉は賢治の創作語か。骨のしんにあるやわらかな組織ということから転じて、物事の本質、中心点を意味すると解釈すべきか。おそらく石に保護された宝石中の宝石というほどの意味かと理解したい。宝石中の宝石のような雲が流れていく。しかし、春を告げる鳥はどこで啼《な》こうとするのか、という賢治のいらだたしさの心情がそのまま素直に告白されているのであろうか。

その次の段を集約する（気層いよいよすみわたり／ひのきもしんと天にたつころ）によって希望を仰ぎ見るが、次の段の集約には（かなしみは青々ふかく）とうたい、次の段の集約には、

（まことのことばはここになく

修羅のなみだはつちにふる）

と続き、次の段には、（このからだそらのみじんにちらばれ）と歌い上げられる。

あたらしくそらに息つけば
ほの白く肺はちぢまり
（このからだそらのみじんにちらばれ）
いてふのこずえまたひかり
ZYPRESSEN いよいよ黒く
雲の火ばなは降りそそぐ

（『新校本宮澤賢治全集』第二巻 詩【Ⅰ】本文篇 248頁）

「春と修羅」は奇妙な明るさを見せながら、同時に深い絶望が詠じられているように感じてきたが、このようにその一行一行をたどってみると、賢治の黒々とした深い絶望的心情と、同時に現実の森林田園風景の上に降り注ぐ天空からの大いなる慈愛のまなざしを感じている賢治の心象風景が深い彩りで描かれていることを確かめることができる。

かの『農民芸術綱要』に絶叫される「まずもろともに宇宙の微塵となりて十方に散らばろう」という心の底からの重い叫びが、すでにこの詩の最後に、（このからだそらのみじんにちらばれ）と叫ばれていることに驚くのである。

もうひとつ付け加えるならば、この詩集のこのあとに収められる詩に語られる〈絶対時間〉の讃歎である。

雲の信号

あゝいゝな　せいせいするな
風が吹くし
農具はぴかぴか光ってゐるし
山は！　ぼんやり
岩頸《がんけい》だって岩鐘《がんしやう》だって
みんな時間のないころのゆめをみてゐるのだ
　そのとき雲の信号は

もう青じろい禁慾の
　春ぞら高く揚げられてゐた
山はぼんやり
きつと四本杉には
今夜は雁もおりてくる

（『新校本宮澤賢治全集』第二巻 詩【I】本文篇 253頁）

なんということもない、のどかな詩に見える。しかし、まずそこに農民が丘に登って天空を見上げる感動が描かれている。そして、「山は！ ぼんやり／岩頸だって岩鐘だって／みんな時間のないころのゆめをみているのだ」と歌い上げる。「みんな時間のないころのゆめをみている」というところに、この閑かな風景の描写は集約されるのだけれど、これは〈絶対時間〉を意味するものであろう。

この〈絶対時間〉の光景は、法華経方便品の「諸法実相《しょほうじっそう》」にも通じる。思い切って簡潔にその意図を思うならば、「あらゆる存在は真実のすがたを、そのままにあらわしている」というほどの意味である。道元禅師ならば、そのような解釈に共鳴しようか。

さらに賢治の尊崇する日蓮聖人の指摘からすれば、久遠の仏陀釈尊の永遠の導きの世界を賢治は見ていたと思われる。日蓮聖人の『如来滅後五五百歳始観心本尊抄』の要義として述べられた〈四十五字法体段《ほったいだん》〉は、久遠釈尊とわれわれ衆生との共感する絶対時間について次のように述べている。

「今本時《いまほんじ》の娑婆世界は三災を離れ、四劫《しこう》を出でたる常住の浄土なり。仏既に過去にも滅せず。未来にも生ぜず。所化《しょけ》以て同体なり。此れ即ち己心《こしん》の三千具足三種の世間なり」（原漢文）

〈趣意〉この文章を四十五字法体段と称する。ここでは妙法五字（妙法蓮華経）を受持することにより行者は教主釈尊とともなる永遠不滅の浄土「本時の娑婆世界」に住することができるとし、これを「己心の三千具足」、すなわち教主釈尊に包摂された行者の一念三千であるとする。ここに末代の凡夫が釈尊を具足するという救済の世界が実現したのである。

〈大意〉――（そのように転変してしまう無常の仏土とは違って）、今、開き顕わされた娑婆世界は、その根本の災いである火災・水災・風災を超克してしまい、またこの世界は成《じょう》劫《こう》・住《じゅう》劫・壊《え》劫・空劫という雄大な循環の中にあるというのが常識とされるが、実はこれらを超克してしまった永遠の浄土なのである。久遠実成の教主釈尊は、もはや過去世において入滅したことがないし、将来の世にも生まれ変わるというような存在ではない（このように『法華経』を説く教主釈尊は絶対にして永遠の仏陀であり）、しかも教化を受ける者もその永遠の釈尊と一体なのである。——ということが、つまり凡夫の己心に三千法界を具えているということであり、国土世間・衆生世間・五蘊《ごうん》世間という三世間を具えているということである。

詩集『春と修羅』構成の一連の関連からすれば、この絶対時間の感覚が「春と修羅」の詩に内蔵する世界と密接不可分の関係にあると考えるべきであろう。

このことを確認することによって、「春と修羅」には、これ以後に展開される賢治の思索と表現の基本が、すでに内蔵され、その一部が明確に表現されていると見ることができるであろう。

第三章　妹トシと信仰の深まり

＝「永訣の朝」前後＝

【Ⅰ】「永訣の朝」

けふのうちに
とほくへいつてしまふわたしのいもうとよ
みぞれがふつておもてはへんにあかるいのだ
（あめゆじゆとてちてけんじや）
うすあかくいつさう陰惨《いんさん》な雲から
みぞれはぴちよぴちよふつてくる
（あめゆじゆとてちてけんじや）

青い蓴菜《じゆんさい》のもようのついた
これらふたつのかけた陶椀《たうわん》に
おまへがたべるあめゆきをとらうとして
わたしはまがつたてつぽうだまのやうに
このくらいみぞれのなかに飛びだした
（あめゆじゆとてちてけんじや）
蒼鉛《さうえん》いろの暗い雲から
みぞれはびちよびちよ沈んでくる
ああとし子
死ぬといふいまごろになつて
わたくしをいつしやうあかるくするために
こんなさつぱりした雪のひとわんを
おまへはわたしにたのんだのだ
ありがたうわたしのけなげないもうとよ
わたくしもまつすぐにすすんでいくから

（あめゆじゆとてちてけんじや）
はげしいはげしい熱やあえぎのあひだから
おまへはわたくしにたのんだのだ
　銀河や太陽　気圏などとよばれたせかいの
そらからおちた雪のさいごのひとわんを……
……ふたきれのみかげせきざいに
みぞれはさびしくたまつてゐる
わたくしはそのうへにあぶなくたち
雪と氷とのまつしろな二相系《にそうけい》をたもち
すきとほるつめたい雫にみちた
このつややかな松のえだから
わたくしのやさしいいもうとの
さいごのたべものをもらつていかう
……………………

（『新校本宮澤賢治全集』第二巻 詩【Ⅰ】本文篇354頁～）

大正十年（一九二一）一月二十三日に出奔して東京へ向かった賢治が、国柱会に行って国柱会本部で奉仕する願いが拒否され、本郷の印刷所で働いたことは前に記した。その後、八月中旬に妹トシ病気の電報を受けて急いで帰郷したことも述べた。そしてその翌年、大正十一年七月にトシを北上川に近い下根子桜の別宅に移し、そこで療養することとしたのであったが、ついに病状が悪化し、十一月十九日にトシを豊沢町の本宅へ戻したのであった。そしてついに十一月二十七日にトシは死去するのである。「父政次郎がトシに何か言うことはないかと問うと、トシは『また人に生れてくるときは、こんなに自分のことばかり苦しまないように生れてくる』と答えた。また賢治は死期を迎えた妹の耳へ吹きこむようにお題目を唱え、トシは二度うなずくようにして午後八時三十分、命を終え、賢治は押入れに頭を入れて〈トシ子、トシ子〉と号泣し……火葬場では火の燃えつきるまで読経した」のであった（堀尾青史『年譜　宮澤賢治伝』一六六頁）。妹シゲの回想によると、トシが下根子桜の別宅に移動する頃、「そのころの兄は書きたいことが、次から次へ湧きだすようで、それがもどかしくていちいち字にしてはいられないという時が多かったようでした」という。そうしたことから、「永訣の朝」「松の針」「無声慟哭」といった詩は、おそらくトシの逝去と同時に記された作品であると年譜の著者は位置付けているのであろう。

多くの文学者や詩人がとりあげてきた、この妹トシへの挽歌ともいうべき詩の解釈に、文学に縁遠い筆者がつけくわえるものは何もない。

（あめゆじゆとてちてけんじや）（「兄さん、霙《みぞれ》まじりの雪を取って来て下さい！」）

という妹トシの言葉が、繰り返し繰り返し賢治の胸に響いてくる。いや、胸というよりも心身のすべてに轟き響いてくると言ったほうがよいのであろう。

そこには「陰惨な雲」が覆っているが、「青い蓴菜《じゅんさい》のもようのついた」陶椀に、鉄砲玉のように駆け出して雪を取りにいく賢治の姿がある。「蒼鉛色の暗い雲から」沈むように降ってくる霙《みぞれ》の中で妹トシ子は死んでいくのだが、「わたくしを一生、明るくするために」「さっぱりした雪の一椀を」私に頼んだと、賢治は解釈するのである。そして賢治は言う、「有難う。私の健気な妹よ！」と。

死はつらい。そしてまわりの風景も暗く澱んでいる。（あめゆじゆとてちてけんじや）と死を前にした苦しい中で、妹トシは賢治に頼む。しかし、外に出てみると、「霙が降って表は変に明るい」のである。たしかにそれは雪国の風景に見られるところではある。しかしそこに、賢治が妹トシとの苦い別れだけに終わるのでなく、他方では四次元《よじげん》の光り輝く仏陀の久遠の世界への目覚めを共にすることへの期待を胸にしている感じを受けるのである。

はたして、それに続いて、「激しい激しい熱や喘ぎの間から／お前は私に頼んだのだ」というふうに展開し、さらに「銀河や太陽　気圏などと呼ばれた世界の／空から落ちた雪の最後の一椀を……」とうたう。（原文は、いずれも〈ひらがな〉が多用されている）

「銀河」については、賢治研究家で新潟大学名誉教授の斎藤文一氏の長年の研究があり、名著が世に問われている。また、賢治はA・トムソンの『科学体系』を熟読していたとのことで、「銀河鉄道の夜」に描かれる内容は同書の「レンズ体系を得る我々の宇宙は、まず此のレンズに似て居る。我太陽はレンズのほぼ中心点（0）に位置を占める」に基づいているとの指摘がなされている（原子朗・著『新宮沢賢治辞典』一九八頁）。

「銀河」が「銀河系」を意味するのと同様に、「太陽」は「太陽系」を意味するものらしい。前記の辞典は、「太陽と太陽をめぐる惑星、その衛星、小惑星、周期的に現れる彗星等を含む集団の総称」としている。諸作品に賢治がそれらの知識をもとにしていることが指摘されている。「気圏」とは、「地球を包む大気の占める領域のすべて」を意味し、賢治がしばしば用いている愛用語であるという（前同書一七六頁）。

同辞典も指摘しているように、賢治は宇宙観を自己のものとすることを模索し、研究し、思索していた。それが同時に〈法華経の宇宙観〉ともつねに一体のものとして賢治の心象風景に凝縮していったものであろう。妹トシ子に渡した一椀の雪であるけれども、それは銀河・太陽・気圏などと呼ばれる遥かなる宇宙の仕組みによって、地球上に届けられた贈り物なのである。なにげない妹の依頼によって、賢治は壮大な宇宙の中に緊密に見上げる仏陀の世界への目覚めを促されたと考えたのであろう。前述したように、賢治にとって法華経に求めるまず最初の恵みは、仏陀の大いなる光を、歓喜をもって身に受けることにあった。雪を掬《すく》う行為が、すぐさま仏陀への祈りに通じ、それが同時的に銀河系宇宙を体感することとなる。われわれには理解することがむずかしいことだが、賢治の感性にとってそれはごく自然に受け取られたものであったのだ。それをわれわれは〈法華経の宇宙観〉と呼んでみたいのであるし、それは地球上を離れた感覚ではないので、〈法華経世界〉と呼んでもさしつかえないものかと考えるのである。

…………

〈うまれでくるたて
　こんどはこたにわりやのごとばかりで
　くるしまなあよにうまれてくる〉
おまへがたべるこのふたわんのゆきに
わたくしはいまこころからいのる

どうかこれが兜卒《とそつ》の天の食に変つて
やがてはおまへとみんなとに
聖い資糧をもたらすことを
わたくしのすべてのさいはひをかけてねがふ

（『新校本宮澤賢治全集』第二巻 詩【Ⅰ】本文篇356頁〜）

「再びこの世に生まれてくるときには、病気で苦しんだ自分のようなことのないように生まれ変わりたい」というのが、（　）の中の意味であろうか。賢治はトシが二椀の雪を口にするのを見て、「どうかこれが兜卒《とそつ》天の食に変わって、心身を癒すきよらかな食べ物の功徳となるように、私の幸いのすべてを賭けて祈る」とうたい上げている。

兜卒天とは、欲界の六天のうちの第四天で、この天の内院は将来、仏となるべき菩薩の住処とされ、釈尊もかつてここで修行し、現在は弥勒菩薩がここで説法し、釈尊の導きに漏れた衆生を救済すると説かれる。外院は天衆が遊楽するところとされ、それら天人の寿命は四千年で、その一昼夜が人間界の四百年に相当するといわれる。『法華経』普賢菩薩勧発品第二十八には、法華経が説かれる通りに修行すれば兜卒天に往生することが説かれている。日蓮聖人は『撰時抄』に弥勒菩薩が兜卒天に居て導きを示していることを述べ、また『上野殿御前御返事』に「今こそ入道殿は都卒（兜卒天）の内院へ参り候らめ」と述べている。（『日蓮宗事典』286頁）。

これとは別に、『法華経』五百弟子受記品第八には、法喜食即ち《ほうきじき》「法を学ぶことを喜ぶという意味の食」と、禅悦食即ち《ぜんえつじき》「禅定《ぜんじょう》を学ぶことを悦ぶという意味の食」ということが説かれている。修行者の心を養うための精神的な食物という意味である。

妹トシが「あめゆじゅとてちてけんじゃ」（兄さん、霙《みぞれ》まじりの雪を取って来て下さい）（前述の「永訣の朝」に繰り返されるフレーズ）と言うのに対して、賢治が二椀の雪を差し出す。賢治は法華経の仏陀久遠釈尊を仰ぎ見る菩薩として生きようとし、妹トシもそれを理解している。（われわれは単純に死後、久遠釈尊が在《ま》します『法華経』常住説法の霊山浄土にお救い頂くイメージを持つけれども）賢治はあくまで現実と苦闘しながら生きる菩薩をイメージしているから、一挙にそこに救われるイメージではなくて、まずは三界（欲界・色界・無色界）のうち、第一段階の欲界の六天に位置する第四天（兜卒天）に招かれ、そこでいよいよ菩薩の修行を一心に行なうというイメージであったのであろう。

二椀の雪は、賢治にとって単に喉をうるおすだけのものとしてはイメージされていない。妹トシが、法華経の世界に導き入れられて、そこでさらに一心に菩薩としての修行に心を専らにして生きていくことを願う、必死の法喜食・禅悦食という修行者を養う精神的な食をイメージして差し出したものなのである。

【II】「無声慟哭」

こんなにみんなにみまもられながら
おまえはまだここでくるしまなければならないか
ああ巨《おお》きな信のちからからことさらにはなれ
また純粋やちいさな徳性のかずをうしなひ
わたくしが青ぐろい修羅をあるいてゐるとき
おまへはじぶんにさだめられたみちを
ひとりさびしく往かうとするか
信仰を一つにするたつたひとりのみちづれのわたくしが
あかるくつめたい精進《しょうじん》のみちからかなしくつかれてゐて
毒草や蛍光菌のくらい野道をただよふとき
おまえはひとりどこへ行かうとするのか

（おら、おかないふうしてらべ）

………

（『新校本宮澤賢治全集』第二巻 詩【Ⅰ】本文篇 360頁）

孤独な賢治の心の支えであった妹トシを喪った悲しみが、文字通り「無声慟哭《むせいどうこく》」としてうたわれている詩である。賢治は「青ぐろい修羅の道を歩いている」と自分の歩みを見定めている。具体的にはそれは「巨きな信の力からことさらに離れ／純粋や小さな徳性のかずを失」っている姿としている。

この詩のこうした表現について、しばしば文字通りの表現をそのままに受け取り、解釈する例も少なくないのではあるまいか。しかし、実は賢治の終生の求道の姿勢は〈菩薩〉の道である。しかし……と賢治は反省する。菩薩の道を求めているのに、私のやっていることは、決して思い通りに進んではいない。私の姿を冷静に見つめるならば、ただの修羅でしかないのではないか。そうした自己の生き方への厳しい姿勢が「わたしは一人の修羅なのだ」という叫びとなるのである。透明な真理の光に対して、賢治は自分が「青ぐろい修羅の道を歩いている」と内省する。〈透明な光〉に対する〈青暗い修羅の道〉である。だからそれは「巨きな信の力からことさらに離れ／純粋や小さな徳性のかずを失」っていることへの自己批判としての叫びとなるのである。
妹トシを失った喪失感がさらに賢治をさいなませる。トシは「信仰を一つにするたった一人の道連れ」（同信に生きる者）であった。それなのに、その「たった一人の道連れ（同行者）」である「わたくしが／明るく冷たい精進の道から悲しく疲れて（しまって）いて／毒草や蛍光菌の暗い野道を漂うとき（に）／おまえは一人（きりで）どこへ行こうとするのか」と嘆きの言葉をトシに投げかけるのである。

妹トシは、（おら　おかないふうしてらべ）「私（トシ）は恐ろしい感じを身体全体に表わしているのでしょうね！」と、健気にも母に尋ねるのである。母は答える。

（うんにゃ　ずゐぶん立派だぢやい
けふはほんとに立派だぢやい）
ほんたうにそうだ
髪だつていつさうくろいし
まるでこどもの苹果※の顔だ
どうかきれいな頬をして

あたらしく天にうまれてくれ
（それでもからだくさえがべ？）
（うんにゃ　いつかう）
ほんたうにそんなことはない
かへつてここはなつののはらの
ちいさな白い花の匂でいつぱいだから
ただわたくしはそれをいま言へないのだ
（わたくしは修羅をあるいてゐるのだから）
…………

（『新校本宮澤賢治全集』第二巻 詩【Ⅰ】本文篇 361頁）
（※「苹果」はリンゴのこと）

娘が母親に「私は恐ろしい表情になっているのでしょう？」（おら　おかないふうしてらべ）と問いただす。それに対して、母はそんなことはないよ！　とても立派だよ！　と答える。最後の別れのそうした風景に賢治も兄として立ち合っているわけだ。

「ほんとうにそうだ／髪だって黒黒しているし／まるで子供のリンゴの（頬っぺたをした）顔だ／どうかきれいな頬をして／あたらしく天に生まれてくれ」と賢治は心の中で叫ぶ。「赤～い赤～い　丸いリンゴ　そうして……天の使いのわが妹よ」というイギリス童謡の声が聞こえてくる情景が浮かんでくる。トシは自分の身体が臭いのではないかと問う。母はそんなことはないよ！　と静かに答える。

しかし、賢治は自分の想念をトシに向かって語りかけることができない。なぜなら、賢治は「私はそんな立派なことを今言うことはできない。なぜなら（わたくしは修羅をあるいているのだから）」と自分を戒めるのだ。

最愛の妹トシ。彼女は賢治のよき理解者であり、信仰上の同志であり、最愛の妹である。その別れは、肉体の死だけの意味を持つものではない。魂をゆさぶられる精神的連帯感を喪失する別れである。その今際《いまわ》の際《きわ》にも、賢治は「わたしは一人の修羅なのだ」と叫び続けるのである。菩薩として生きようとするのに、現実には修羅でしかないという悲しみ。と同時に、私は修羅として歩むという、決然たる思いが宣言されているのでもある。

以後においても、この『春と修羅』第一巻から第四巻に至るかずかずの詩編の中に、この問いが繰り返されていく。

第四章　『銀河鉄道』断章

＝「十界」の描写と宇宙観＝

【Ⅰ】宇宙観と法華経の世界

賢治が青年期に『法華経』を読んで身震いする感激を受けたのはなぜか？　はっと思った。賢治は文化的環境に恵まれ、後に米国グラムフォン社からクラッシック音楽のレコードを地元のレコード店を通じて買い求め、また最新の科学書を愛読して、当時としては宇宙科学の先端をいく勉強をしていたのだ。

そのほかにも気付くことがあるが、賢治は恵まれた文化的環境のなかで、宇宙法界のもとで生きる人間という実感のなかにあったということを。当然、宗教的に生きる、生かされるという感覚も、そうした壮大な宇宙法界を背景にしていたと考えて良いのではないか？　と。

賢治の詩集『春と修羅』も、童話『注文の多い料理店』も、自費出版したものの、当時の読者からは歓迎されなかった。賢治の想いは、当時の文化レベルを超えていたと考えてよいのであろうか。戦後、神田の書店街で虚しく積んで置かれた光景を語る人も居る。

しかし、地元出身の詩人・森田草平が「雨ニモマケズ」を絶賛し、それが谷川徹三の評価につながり、中村稔の酷評によって、一躍、時の話題になるというふうに、次第に賢治評価の輪が広がて行った。やがて、第二次大戦後、「雨ニモマケズ」が国語の教科書に掲載され、広く日本国民の愛唱するところとなり、賢治研究者が増えていった。なによりも賢治の実弟、清六氏が賢治の（売れない）作品をしっかり守り、火事があると第一番に避難をはかり、今日に至るまで、生前の作品のすべてが守られて来た。

周知の通り、『銀河鉄道の夜』は初稿に二次にわたる書き込みがあり、その後、第二稿にもさらに書き込みがなされているという。その都度、賢治は異なった色のインクで、いわば新たに書き直しているのだという。これらについて、『校本宮澤賢治全集』十四巻（十五冊）という途方もない計画が名だたる文学者によって刊行され、さらに『【新】校本宮澤賢治全集』全十六巻＋別巻（全十九冊）が新たに刊行されている。このことは、国内は言うに及ばず、世界にも類を見ないのではなかろうか。賢治の崇敬する日蓮聖人の直筆は、多くの宗祖や高僧にくらべても多数が現存している。それは門下の富木常忍の遺訓により千葉県市川市の中山法華経寺で、必死に二十四時間体制で数百年守り続けられて来たからである。

さらに近代になってそれらの筆跡のすべてを忠実に再現したグループがあった。片岡随喜編『日蓮大聖人御真蹟』である。漆塗りの大きな五つの筐に納められた美術印刷は、各国の美術館や博物館に寄進されている。北京図書館にも受け入れられているのである。

多くの高名な文学者が、昭和十四年刊行の十字屋版『宮澤賢治全集』（全六巻）以降、繰り返し、賢治の作品の忠実な再現を図って来た。あらためてその真摯な姿勢に心打たれるのである。こうした努力がなければ、賢治の名も、その作品も認識されることなく、灰燼に帰したであろう。

【Ⅱ】『銀河鉄道の夜』の背後にある『法華経』「如来寿量品」の世界

大乗仏典には、必ずと言っていいほど、仏陀釈尊の死後における仏教の信受ということが下敷きになっている。『法華経』「如来寿量品」第十六が説かれるのも、仏陀釈尊が般涅槃《はつねはん》した後の衆生の仏教信受のありようを示すということが基本にある。般涅槃とは、仏陀の肉体的な死を意味する。仏陀釈尊は久遠の教化を（過去世から）続けて居ると説く。さらに（未来世にわたっても）教化が続けられるのであり、その途上の（現在世）においても久遠の教化が説き続けられるのであるが、しかし仏陀にも肉体的死が訪れることを避けることは出来ない。「自我偈《じがげ》」とよばれる「如来寿量品第十六」の後半の詩偈には、次のように説かれている。

「衆生を度《すく》わんがための故に　方便して涅槃を現わすも　しかも実には滅度せずして　常にここに住して法を説くなり」「われは時に衆生に語る　『常にここに在りて滅せざるも方便力をもっての故に　滅・不滅ありと現わすなり。余国に衆生の恭敬《くぎょう》し信楽《しんぎょう》するものあらば　われは復《また》、彼の中において　ために無上の法を説くなり』汝等《なんだち》、これを聞かずして　但《ただ》、われ、滅度すとのみ謂《おも》えり。われ諸の衆生を見るに　苦海に没在せり　故にために身を現わさずして　そをして渇仰を生ぜしめ　その心、恋慕するによりて　乃《すなわ》ち出《い》でてために法を説くなり。」（坂本幸男訳註・岩波文庫『法華経』下巻三十頁）

この経文はその要となるところであるが、その前後に仏陀釈尊が入滅して、仏法の恵みが失われた後の衆生の悲しみが述べられ、また仏陀釈尊が上記の通り、いつでも教化の恵みを示されていることが繰り返しあきらかにされている。

賢治は、『法華経』が壮大な宇宙法界観を背景として、久遠の導きの恵みをあきらかにされているところに、大きな感激をおぼえたものと愚考する。

【Ⅲ】『銀河鉄道の夜』の構成

『銀河鉄道の夜』について、河合隼雄氏が「宮澤賢治は星が好きだったに違いない」（宮澤賢治『銀河鉄道の夜』角川文庫・解説）などと、賢治が宇宙の知識に造詣が深いことを述べている。氏の指摘の通り賢治は天空の星座のことをよく語っているが、それと同時に賢治が『法華経』への帰依が宇宙法界観を背景として理解していたように理解したいのである。

『銀河鉄道の夜』をたどっていくと、主人公ジョバンニは、この作品の最後の部分で、親友のカムパネルラが川に入って溺れたことを知る。

「一、午後の授業」から銀河系宇宙への話が展開している（『新校本宮澤賢治全集』第十一巻 童話【Ⅳ】本文篇 123頁～）。「二、活版所」で、日常生活が描かれ（同126頁～）、「三、家」で、出掛ける途中、川に近づくなという警告を受けながら、「銀河のお祭り」の楽しさに心躍る光景が描かれる（同127頁）。「四、ケンタウル祭の夜」では現実と無想とが綯い交ぜになるような心理状態のなかで（ぼくは立派な機関車だ。ここは勾配だから速いぞ。ぼくはいまその電灯を通り越す。そうら、こんどはぼくの影法師はコムパスだ。…）と走って行き、「ケンタウルス、露をふらせ」という叫び声などを聞きながら、カムパネルラが「高く口笛を吹ひて向ふにぼんやり橋の方へ歩いて行ってしまった」のを見過ごして進んで行ったことが描かれる（同130頁〜）。

「五、天気輪の柱」で、ジョバンニは、「牧場のうしろ」の「ゆるい丘」に登って行くと、「俄にがらんと空がひらけて、天の川がしらしらと南から北へ亘ってゐるのが見え、また頂きの、天《てん》気輪《きりん》の柱が見わけられた」という光のなかで、ジョバンニは冷たい草に身を投げかけ、汽車の音を聞き、その小さな列車を見て、白い空の帯がみんな星である光景を知る（同133頁〜）。

「六、銀河ステーション」以下、『銀河鉄道の夜』の物語が展開していく。この項では前置きがあるが、以下、おおよそ十四景の物語が展開していく。それぞれの景を追いながら、『銀河鉄道の夜』の内容に沿って考察することとする。（以下、❶のように黒丸内の文字がそれぞれの景の見出しとお考え頂きたい）。

❶すると「銀河ステーション！　銀河ステーション！」と云う不思議な声がすると同時に、眼の前がぱっと明るくなり、「気がついてみると、さっきから、ごとごとごとごと、ジョバンニの乗ってゐる小さな列車が走りつづけていた」ことに気付く。「ほんとうにジョバンニは、夜の軽便鉄道の、小さな黄いろの電灯のならんだ車室に、窓から外を見ながら座

ってゐた」のに、前の席に居たのがカムパネルラであったのに気付く。二言三言、会話を交わしたあと、カムパネルラが「少し顔いろが青ざめて、どこか苦しい」ふうであったのが、元気を取り戻し、ジョバンニはカムパネルラから銀河ステーションからもらったという「天の川の左の岸に沿って一条の鉄道線路が、南へ南へとたどって行く」地図を見せてもらう。現実と心象風景が混じり合った筆の運びである（『新校本宮澤賢治全集』第十一巻　童話【Ⅳ】本文篇134頁～136頁のストーリーの要旨）。

こうして、ジョバンニが「もとの丘の草につかれてねむっていた」「ジョバンニ」が「眼をひら」く状態にというように、およそ十四景の物語が展開していく。

「七　北十字星とプリオシン海岸」

❷ジョバンニとカムパネルラが、母親への言い訳を考えて居るうちに、「ぼうっと青白く後光の射した一つの島が見え」「立派な眼もさめるような、白い十字架が……しずかに永久に立って」「『ハルレヤ、ハルレヤ。』」前からもうしろからも声が起こる」。「車室の中の旅人たちは」いずれも敬虔な衣装などの姿である。「そして島と十字架とは、だんだんうしろの方へうつって行く」。列車は十一時きっかりに「白鳥の停車場」に着く。幻想的な風景である。二十分停車と書いてあるので、二人は飛び降りる。改札口には駅長の姿もな

く寂しい光景である。（同138頁～139頁の要旨）

❸ 二人は停車場の前の広場に出る。砂を掬うと、『この砂はみんな水晶だ。中には小さな火が燃えている』。河原の礫《こいし》などのすべてが、宝石であることがわかる。川上を見ると、川原で作業をしているようで、「時々なにかの道具が、ピカッと光ったりしました」（同十一巻140頁～141頁の要旨）

❹ 〔プリオシン海岸〕という標札のところで、「二人はぎざぎざの黒いくるみの実」に出会い、その発掘現場が「百二十万年前、第三世紀のあとのころは海岸」であった事を聞く。（花巻には、賢治が関心を深くした「イギリス海岸」の遺蹟があるが、そのことを思い起こさせる光景である）。時間に迫られて、二人はもとの鉄道の座席に駆け足で戻るが、まったく疲れを感じないという不思議な感覚を経験する。（同141頁～142頁の要旨）

「八 鳥を捕る人」

❺ 列車のなかで、赤ヒゲの人から「あなた方はどちらへ入らっしゃるんですか」と聞かれて、ジョバンニは「どこまでも行くんです」と答えると、その人は「わっしはすぐそこで降ります。わっしは、鳥をつかまへる商売でね。」という。「鷺《さぎ》といふものは、みんな天の川の砂が凝《こご》って、ぼおっとできるもんですからね、そして始終川へ帰りますからね、川

原で待ってゐて、鷺がみんな、脚をかういふ風に下りてくるとこを、そいつが地べたへつくかつかないうちに、ぴたっと押へちまふんです。するともう鷺は、かたまって安心して死んぢまひます。あとはもう、わかり切ってまさあ。押し葉にするだけです。」そんな不思議な鳥捕りとの出会いが描かれる。（同143頁～145頁）

「九　ジョバンニの切符」

❻「もうここらは白鳥区のおしまひです。ごらんなさい。あれが名高いアルビレオの観測所です。」大きな四棟の黒い大きな建物が、「銀河の、かたちもなく音もない水にかこまれて……睡ってゐるように、しづかによこたは」っている。「水の速さをはかる器械」だと、鳥捕りが教えてくれると、「切符を拝見いたします」と背の高い車掌が来る。カムパネルラが「小さな鼠いろの切符を出」す。ジョバンニは上着のポケットにあった「何か大きな畳んだ紙きれ」をだすと、「これは三次空間のほうからお持ちになったのですか。」と車掌がたずねる。鳥捕りが「おや、こいつは大したもんですぜ。こいつはもう、ほんたうの天上へさへ行ける切符だ。天上どこぢゃない。どこでも勝手にあるける通行券です。こいつをお持ちになれぁ、なるほど、こんな不完全な幻想第四次の銀河鉄道なんか、どこまででも行ける筈でさあ、あなた方大したもんですね。」という。「三つならんだ小さな青じろい

三角標と地図とを見較べて」カムパネルラが「もうぢき鷲の停車場だよ。」という。いつのまにか鳥捕りの姿が見えなくなる。（同148頁〜150頁）

❼苹果《りんご》や野茨《のいばら》の匂いがする。黒い髪に赤いジャケットの六歳の男の子が、赤いジャケットのぼたんもかけず、びっくりしたような顔をしてがたがたふるえてはだしで立っている。隣りには黒い洋服を着た背の高い青年が一ぱいに風に吹かれているけやきの木のような姿勢で、男の子の手をしっかりひいて立っていた。十二歳くらいの眼の茶色な可愛らしい女の子が黒い外套を着て青年の腕にすがって不思議そうに窓の外を見ている。黒服の青年は、「ああ、ここはランカシャイヤ（英国中西部のランカシャー地方）だ！　いや、コネクテカット州（米国東北部・ニューヨークの北東のコネチカット州）だ！」といい、「わたしたちは天へ行くのです。…あのしるしは天上のしるしです。…わたくしたちは神さまに召されてゐるのです」という（天上の神に向かって天空を飛んでいるのである）。彼等は一九一二年四月のタイタニック号が氷山にぶつかった事件で死亡した人たちであることが語られる。（同151頁〜）

❽銀河鉄道の「汽車はきらびやかな燐光の川の岸を進みました。」野原は幻灯のようで、大小さまざまな三角標や測量旗が集まり、野原一面は青白い霧で、さまざまな狼煙が桔梗色の空に打ち上げられる。「向ふの席の灯台看守がいつか黄金と紅でうつくしくいろどら

れた大きな苹果《りんご》を落とさないやうに両手で膝の上にかかえてゐました。」看守が立派な苹果を睡っている姉弟の膝に置く。これら良品の作物は、種さえ播けば稔るという。姉弟はその苹果をポケットにしまう。森の中からオーケストラが聞こえ、黄色や薄緑の明るい野原の敷きものがひろがり、真っ白な蝋《ろう》のような露が太陽の面をかすめていくと、かささぎが飛び、汽車のうしろから聞き慣れた賛美歌の大合唱が聞こえて来る。汽車は、青い橄《かん》欖《らん》（かんらん科の常緑高木。核果からとれる油は食用のものと、薬用のものがある）が、見えない天の川の向こうにさめざめと光りながら、うしろの方へ流れるように去って行き、孔雀が三十羽ほどいるのに気づくのであった。「ハープのやうに聞こえたのはみんな孔雀よ」と女の子が答える。（同154頁～157頁）

❾「（カムパネルラ、僕もう行っちまふぞ。僕なんか鯨だって見たことないや。）ジョバンニはまるでたまらないほどいらいらしながらそれでも堅く唇を噛んでこらえて窓の外をみてゐました。」（鯨が出て来るのは、❼のタイタニック号遭難の状景の記憶が引き継がれているのであろうか。）

海豚《いるか》が見えなくなった川が二つに分かれ、その真ん中の櫓で赤い帽子を被った男が、オーケストラの指揮でもしているように赤旗と青旗を持って信号している。それに従って幾万という鳥が飛んでいく。その状景描写の中で、突然、「（どうして僕はこんなにかなしいのだらう。僕はもっとこころもちをきれいに大きくもたなければいけない…）」とジョバンニは熱《ほて》って痛いあたまを両手で押さえるようにして、向こう岸の煙のように青い火の方を見る。さらに、心象描写がつづけられる。

「（ああほんたうにどこまでもどこまでも僕といっしょに行くひとはないだらうか。カムパネルラだってあんな女の子とおもしろさうに談《はな》してゐるし僕はほんたうにつらいなあ。）ジョバンニの眼はまた泪でいっぱいになり天の川もまるで遠くへ行ったやうにぼんやり白く見えるだけでした。」そのとき汽車は川から離れて崖の上を通り、「ジョバンニが窓から顔を引っ込めて向ふ側の窓を見ましたときは美しいそらの野原の地平線のはてまでその大きなたうもろこしの木がほとんどいちめんに植えられてさやさや風にゆら」いでいたのであった。そこで、停車場に着く。（同157頁〜159頁）

⑩「その正面の青じろい時計はかっきり第二時を示し」「そのころなら汽車は新世界交響楽のやうに鳴りました。」そして汽車は走り出す。このへんはひどい高原で、とうもろこしを植えるにも、二尺ほどの穴をあけて播かなければならないという。ひどい峡谷になっていて、河までは二千尺くらいという。

そこに白い鳥の羽を付けたインデアンが汽車を追って来ると思ったのだが、インデアンはただ踊っているだけだという。汽車は水面に向かって下っていく。「そして天の川は汽車のすぐ横手をいままでよほど激しく流れて来たらしくときどきちらちら光ってながれてゐるのでした。」（同159頁～161頁）

⓫工兵が架橋演習をしている。発破《はっぱ》によって天の川が柱のように高く跳ね上がり、鮭や鱒が白い腹を光らせて空中に放り出される。双子のお星さまのお宮が見える。（同十一巻161頁～162頁）

⓬蝎《さそり》の火が輝き、すべてが赤く光る。「蝎の火って何だい」とジョバンニが聞く。「蝎がやけて死んだのよ。その火がいまでも燃えているってあたし何べんもお父さんから聴いたわ。」……「あゝ、わたしはいままでいくつもの命をとったかわからない。そしてその私がこんどいたちにとられやうとしたときはあんなに一生懸命逃げた。それでもたうたうこんなになってしまった。ああなんにもあてにはならない。どうしてわたしはわたしのからだをだまっていたちに呉れてやらなかったらう。そしたらいたちも一日生きのびたらうに。どうか神さま。私の心をごらん下さい。こんなにむなしく命をすてずどうかこの次にはまことのみんなの幸のために私のからだをおつかひ下さい。って云ったといふの。……」

そんな話を聞き、さらにそこらの三角標がさそりの形になっていることを聞くのであった。「ケンタウル露をふらせ」とジョバンニの隣の男の子が叫ぶ。ケンタウル祭がケンタウル村で行われるのであった。（同163頁～164頁）

⑬『もうぢきサウザンクロスです。おりる支度をして下さい。』と、青年が皆に言う。ここから、天上へ行くために、こゝで下りるのであった。男の子が言う。『天上へなんか行かなくたっていゝぢゃないか。ぼくたちこゝで天上よりももっといゝとこをこさえなけぁいけないって僕の先生が云ったよ。』…

『ほんたうの神さまはもちろんたった一人です。』

『あゝ、そんなんでなしにたったひとりのほんたうのほんたうの神さまです。』

『だからさうぢゃありませんか。わたくしはあなた方がいまにそのほんたうの神さまの前にわたしたちとお会ひになることを祈ります。』

「青年はつゝましく両手を組みました。女の子もちょうどその通りにしました。みんなほんたうに別れが惜しさうでその顔いろもすこし青ざめて見えました。ジョバンニはあぶなく声をあげて泣き出そうとしました。」…

「見えない天の川のずうっと川下に青や橙《だいだい》やもうあらゆる光でちりばめられた十字架がまるで一本の木という風に川の中から立ってかゞやきその上には青じろい雲がまるい環《わ》に

なって后光のようにかかってゐるのでした。」

　そうした情景を経て、「ハルレヤハルレヤ」という明るく楽しい皆の声が響くのであった。皆は、つつましく、十字架の前の天の川の渚にひざまづく。

「そのときすうっと霧がはれかゝりました。」ふり返ってみると、さっきの十字架はすっかり小さくなってしまっていたのであった。（同164頁〜166頁）

⓮ジョバンニはカムパネルラと友情を確かめ合い、どこまでも一緒に進もうと誓い合う。

『僕はもうさそりのようにほんたうにみんなの幸《さいわい》のためならば僕のからだなんか百ぺん灼《や》いてもかまはない』と誓い合う。

　天の川の一箇所に「大きなまっくらな孔」があるのを確かめ、その石炭袋の穴の奥に、ほんとうの「さいわい」があることを語り合い、どこまでも一緒に進んで行くことを誓い合うのであった。（同167頁）

『カムパネルラの死』

　ここまでが「七　北十字とプリオシン海岸」の段落である。ここで突然、丘の草の中に疲れて眠っていたジョバンニが、眼を覚ますのである。夕暮れで、街には電灯があちこちで明るく灯っていた。仕事の牛舎によってから、街に出ると、ザネリを助けようとして、カムパネルラが黒い川に落ちて水死したことに直面する。

「下流の方の川はば一ぱい銀河が巨《おお》きく写ってまるで水のないそのまゝのそらのように見えました。

ジョバンニはそのカムパネルラはもうあの銀河のはづれにしかゐないといふやうな気がしてしかたなかったのです。」（同168頁〜170頁）

【Ⅳ】『銀河鉄道の夜』と死の問題

『銀河鉄道の夜』の課題は、友人・カムパネルラの死を、ジョバンニが永遠の死として求めて行くものであると言えよう。㈠「午后の授業」から銀河系宇宙が話題になっているのは、全体の伏線であるが、人の生命を通俗の生活でとらえるのではなく、壮大な銀河系宇宙での生命認識として捉えていることがわかる。近年絶讃を博した『銀河鉄道９９９』に見られるように、壮大な宇宙からの人類の生死の認識は、賢治が作品を書いた時よりも、むしろ二十世紀後半以後の宇宙探索と相俟って、現代人に受け入れられるものであろう。賢治は、早くから宇宙論に関心を持って、当時としては最先端の研究を勉強していたので、理解されるのに時間を要したし、逆にそれが賢治文学への共感となって現在に継承されているように思われる。

㈡を経て、㈢「家」において、川の危険に警告を受けていることも、伏線となっている。

㈣「ケンタウル祭の夜」では、宇宙的な場所からの人間の生死の受け止め方が大きな伏線となっており、それとカンパネルラが川に向かうこととの伏線が巧みに用意されている。

㈤「天気輪の柱」ここでも、宇宙からのものの見方と、人間の生死の問題が巧みに仕組まれている。

㈥「銀河ステーション」からは賢治の心象風景であり、❶で、「銀河ステーション」という不思議な声とともに、ジョバンニが銀河鉄道に乗って、宇宙への旅に出発していることが描かれる。

㈦「北十字星とプリオシン海岸」の❷から⑭までの十三景がつぎつぎと展開する。❷以降、白宇宙のなかで展開する不思議な生命観がそのもととなっているのである。

い十字架と「ハルレヤ」というキリスト教の祈りがテーマとして展開する。❷はその出発である。
❸停車場の前の広場で水晶に出会い、宝石から火が燃えているという宇宙感覚の不思議な光景を体験する。❹プリオシン海岸で、百二十万年前の第三世紀の海岸に出会う。人間の感覚を超えた宇宙の歴史に生きる感覚との出会いである。❺「鳥を捕る人」との出会いである。ジョバンニはどこまでも銀河鉄道の最終地まで行くことを心に思う。鳥を捕る人は鷺を捕らえて安楽死させて

しまう。ここでも、死の問題がひそめられている。

❻では、車掌が来て、ジョバンニの切符が不完全な四次元の銀河鉄道のどこでも行ける切符、ほんとうの天上さえも行ける、素晴らしい切符であることを知る。地上の生死を超えた、永遠の世界への旅立ちを保証する切符であることが明らかにされる。カムパネルラが小さな鼠色の切符を出すと、ジョバンニが上着のポケットから大きな畳んだ紙切れを出す。

車掌が「これは三次元からお持ちになったのですか」と尋ねる。すると鳥捕りが、「おや、これは大したもんですぜ。どこでも勝手にあるける通行券です。こいつはもう、ほんとうの天上へさえ行ける切符だ。……どこでも勝手にあるける通行券です。……こんな不完全な幻想四次元の銀河鉄道なんか、どこまでも行けるはず……」というのである。

銀河鉄道の夢幻のような世界である。車掌は三次元発行の切符かと問う。ところが、銀河鉄道は、不完全な幻想四次元の存在であるというのである。幻想四次元のレベルではキリストの十字架の世界を目指すのであり、そのレベルでの叙述がまだまだ展開して行くのであるが、実は作者はそれを超えた「ほんとうの世界」を目指していることが、ここでもすでに暗示されていると見ることができよう。

❼苹果《りんご》の香りがする。野茨《のいばら》の匂いがする。苹果は最初の部分にもすでに登場しているが、天

国につながる素晴らしい雰囲気を暗示するものであろうか。❻に描かれた天国の世界につながるかぐわしい世界の状景を暗示するものであろうか。英国眼下に見る宇宙から、一九一二年四月にタイタニック号で死亡した姉弟たちが天国をめざす光景が描かれている。この後にも苹果は描かれているのである。

❽❼の延長上の光景である。銀河鉄道はきらびやかな燐光の川岸を進む。灯台看守が香しい大きな苹果を姉弟にあげる。死者を天国に送る賛美歌の大合唱がオーケストラとともに汽車の後ろから聞こえて来る。見えない天の川の向こうが光り、カササギや孔雀が居て、天国につらなる光景が描かれる。

❾ジョバンニがなにか悲しくなっている。銀河鉄道は、燦めく宇宙世界の素晴らしい光景のなかを進んで行く。赤い帽子の男がオーケストラの指揮をしているように、赤旗と青旗で信号をし、幾万という鳥が飛んでいくなかで、「どうして僕はこんなにかなしいのだろう。僕はもっと心持ちを綺麗に大きくしなければいけない」と思い、また、どこまでも一緒に行く人を求める心が強くなる。賢治の作品は、心象風景という手法で描かれていることを考えると、タイタニック号の悲劇を端緒として、生きて行く不安感や共に生きていく人を求める心が描かれるのであろうか。美しい空の野原の地平線の果てまで、トウモロコシが植えられている光景がつづいて描かれ

る。死と隣り合わせの境遇を思いながら、高い境地に身を委ねる心境であろうか。
❿トウモロコシは美しい。しかし、河から二千尺も高い高原で栽培するには、二尺ほど掘って種を植える必要があるのだ。（このあたりは、『法華経』法師品第十の高原に井戸を掘る喩え（「高原鑿《こうげんさく》水《すい》」の譬喩）を連想させる。菩薩が必死な思いで修行に身を捧げる心情である。）インデアンが踊っている傍を銀河鉄道は水面に向かって下っていく、その中で、天の川が光りながら流れていくのを見る。もはや天の川よりも高い位置から下って、天の川の光景を横から見るのである。
⓫工兵が架橋演習をしている天の川の彼方に「双子の星のお宮」を見る光景である。もはや地上の苦しみの世界ではなく、神々の中でいろいろな光景を見るのである。

⓬さそりが焼死した火を見て、いたちを助けるために、自分の命を捧げなかったことを慚愧に思う。最初から「三角標」という語が出て来るが、人々の指標となる「三角標」がさそりの犠牲によって成るものであることを聞いて、痛恨するのである。

⓭サウザンクロスで降りることになる。青年は、天上へ行くためにここでの乗り換えを指示するが、男の子は、天上などへ行く必要はないという。「天上よりももっといいところをこさえなけぁいけないって先生が云ったよ」という。そこで対話があって、「ああ、そんなんでなしに、たった独りのほんとうの神さまです」という言葉が述べられる。（心象風景であるからくだくだしい

理論のレベルではないのであろうが、ロシア革命による社会主義や、霊鷲山で説かれる『法華経』の久遠の釈尊のイメージなどが、背後にあることも否定できないのではなかろうか。）

サウザンクロスは天国の指標である十字架のイメージと重なるものであろうか。ハルレヤ、ハルレヤという明るく楽しい人びとの祈りが聞こえるのである。

⓮ジョバンニとカムパネルラは友情を確かめ合い、さそりと同じような自己犠牲を誓い合う。そして、天の川の一箇所の真っ暗な穴（石炭袋の穴）の奥まで進んでいこうとする。

『カムパネルラの死』

以上、十四の場面を追ってみた。

そして、突然、場面は現実に戻る。ジョバンニが目覚めて、母と共に住む家に帰り、母の牛乳をとりに行くと、親友のカムパネルラが川で水死した現実に直面するのである。賢治には、しかし、カムパネルラが死亡したという事実を受け入れることが出来なかった。人は死して、どこか遠くに行ってしまったという意識を、われわれ人類は共通して持つようである。賢治は、天国に行ったとは思いたくなかったのである。天国を突き抜けた「天上の世界」に向かって歩みつづけているカムパネルラの像を思い描くのである。

「下流の方の川はば一ぱい銀河が巨《おお》きく写ってまるで水のないそのまゝのそらのように見えました。
ジョバンニはそのカムパネルラはもうあの銀河のはずれにしかゐないというやうな気がしてしかたなかったのです。」（～170頁）

ジョバンニは、結局、天国での安楽に満足せず、天の川に見える石炭袋の穴の奥に向かって進もうとするところで、❻「銀河ステーション」、❼「北十字星とプリオシン海岸」は結ばれるのである。

賢治の『法華経』信仰についての知識なしに読めば、天国へのお話というイメージが強いかも知れないが、最後の土壇場で、天国での安住は見事に否定されるのである。

賢治は、『法華経』の説く「娑婆《しゃば》即寂光土《じゃっこうど》」の祈りに生きた。中村元博士の『仏教語辞典』では、その語の意味を「苦難に満ちたこの娑婆世界が、すなわちこの上ない寂光浄土である」と解説している。いずれにしても、娑婆はサンスクリット語のサハーの音写であり、この世界の衆生がさまざまな苦難を耐え忍ばねばならないところという意味であるから、その苦を離れて安楽な浄土に安住したいという信仰が敷衍《ふえん》したことも、あながちに否定することも出来ないであろう。

それに対し、賢治は、日蓮聖人の「娑婆即寂光土」の精神を生きた。どこまでも、苦難をものともせず、必死に生きることを求めたのである。そこでは、苦難の現実に即してこそ、久遠釈尊の寂光浄土があると信じつづけることが要請されるのである。

賢治の生涯は、その精神の実行そのものであると言ってよい。しかし『銀河鉄道の夜』ではそうしたことに、くだくだしく触れようとしない。カムパネルラの死をめぐって、ひたすら銀河鉄道の汽車に乗って進んで行く、その姿を心象風景として描くことだけに専注していると言えるのではなかろうか。

【Ｖ】法華経解釈の「十界」と銀河系宇宙

法華経研究の関係者は、『銀河鉄道の夜』の構想を、法華経思想の「十界」と照らし合わせて見る志向において共通する受け取り方をする。実は筆者もそうした見方に立ちたいのである。法華仏教に精通している人にとっては、「十界」を連想することは容易であろうが、そうでない方にはあらためて説明を要するであろう。

「十界」とは、以下の十の法界である。「迷いの世界」には《六道《ろくどう》》があって、迷える者は、「六道を輪廻《りんね》する」。つまり、迷いの世界をつぎつぎとめぐって、ついにその迷いの世界から脱却できないという意味である。それに対して「悟りの世界」は、《四聖界《ししょうかい》》という、それぞれのレベルの《さとりの世界》にあるという意味である。

詳しく言えば、《六道》とは、地獄界・餓鬼界・畜生界・修羅《しゅら》界・人間界・天界（神々の世界）であり、《四聖界》とは、声聞《しょうもん》界・縁覚《えんがく》界・菩薩《ぼさつ》界・仏界《ぶっかい》である。「悟りの世界」といっても、「仏界」はあまりにも崇高でありすぎる。仏界をめざして修行中の段階が「菩薩界」である。ところが、仏界に達することは望めないとして（自分なりの悟りに安住する境地）が縁覚界であり、ひたすら仏陀のお言葉を受領することを必死に願って、仏界に達することをあきらめてしまう声聞界の段階も、広く言えば、「悟りの境地」のうちに含まれるわけである。

そもそも、われわれ凡人（仏教用語では「凡夫《ぼんぷ》」とよぶ）には、仏界に達することが困難であるというのが、ある段階での仏教理解であった。

ところが、「いや、そのようなことではない！」として、すべての仏道修行者は等しく仏界に引き入れられることを最初に説いたのが中国、隋代の天台大師智顗《ちぎ》である。とは言え、天台大師の示す修行の世界は厳しく、『摩訶止観《まかしかん》』に説く綿密な修行を必須とした。

それに対して、誰でもが『法華経』の御名、すなわち「南無妙法蓮華経」と唱えれば、いかなる境遇にある修行者も、かならず仏界に至ることができると説いたのが日蓮聖人である。

周知のとおり、宮澤賢治は十八歳の頃、浄土真宗の高僧、島地大等が編纂した『漢和対照　妙法蓮華経』に出会って、一気に法華経信仰の徒となり、父の政次郎と信仰上の対立を生ずることとなる。賢治の人生観の基本として「いかなる凡人であっても、仏界に引き入れられる」という仏教信仰に帰入したのである。

それと同時に、『法華経』に描かれる仏法は宇宙大の世界において説かれている。賢治は恵まれた経済環境に居る自己に耐えられなかったという。ロシア革命が日本社会にも大きな影響を与えるなかで、賢治は社会思想に心牽《ひ》かれた。ただ、田中智学の国柱会の影響もあって、社会主義には入りきれなかった。

ただ『法華経』に照らされてみると、賢治の周辺は密接に宇宙法界のただ中に存在していることに目ざめさせられた。北上川の河畔にイギリス海岸を発見する心情は、花巻から釜石に向かう機関車が、宇宙に向かって走り往く幻想を呼び覚まさせた。

遙かなる宇宙の彼方に行って、久遠に生きる仏陀釈尊にお会いしたいという思いに駆られた。その間に、「人はなぜ死を迎えるのか?」「人が生きるということはどのようなことなのか?」という仏教探究への大きな疑問が賢治を襲った。

『銀河鉄道の夜』は、友人ジョバンニを見失うところから始まって、銀河鉄道の旅から帰ると、友人カムパネルラの死が確認されるということで結ばれて終わる。『銀河鉄道』の旅は、生と死との微妙な絡まり合いとして描かれている。

実は、『銀河鉄道の夜』初稿の最後では、偉大なる師が生死に悩む人びとを救うために劇的に厳然として導きを示している姿が描かれているのであるが、それに対して、改訂稿では、偉大なる師は居なくなるのである。これは田中智学一門に学ぶなかでの、賢治の法華経信仰者としての仏陀認識の重要な課題であると、筆者は思いつづけている。

日蓮聖人は、初期には（非常に小ぶりではあるが）久遠の釈尊を仏像として尊崇している。ところが、四大法難を経て、佐渡島に流島された宗教的境地において、すべての仏陀は「南無妙法蓮華経」という究極から出発しているという、独特の信仰的境地を明らかにしたのである。すべての仏道修行者は、「南無妙法蓮華経」という究極の世界において生まれ変わり、仏界に引き入れられるという鋭い『法華経』を中心とする全仏教の受容を教示することとなったのである。

田中智学一門のこの教え（それにもとづく世界観）に賢治は引き入れられたものと感じるのである。周知のように、日蓮聖人が晩年のほぼ十年の間に図顕された大曼荼羅本尊《だいまんだらほんぞん》がおよそ百二十幅以上、今も伝えられている（七百年を超える時間の間に、当然のことながら消滅した数を想定されるから、実際の数はさらに多数を加えるであろう）。賢治は鋭い感性によって、その大曼荼羅に宇宙法界を見たことであろう。しかも賢治は、既にその時代に最新の宇宙研究を身に着けているのであるから、遙かなる宇宙の果てから、地上の迷える衆生を見つめている久遠の仏陀釈尊が眼に映じていたことであろう。

賢治は、国柱会を最初に訪れた段階で、理事の高知尾智耀から、「断じて法華経の教えをそのまま文学作品にしてはならない」という教えを受けていたから、彼の信仰をそのまま、ナマの形で筆にすることはなかった。

したがって、『銀河鉄道の夜』で順次訪れていく世界が、そのまま「十界」の描写とはなっていない。だが、中国の天台大師が示した法華経教理そのままに描くことはなくとも、さまざまな生の営みをしている人びとの姿を描くことによって、「人はさまざまな生き方を通して、真実の道を求めている」ことを描いているものと理解したいのである。

第五章　デクノボー精神と不軽菩薩思慕
――「雨ニモマケズ手帳」――

昭和六年（一九三一）十一月三日、宮澤賢治は病床にあった。そして彼の祈りを黒い手帖に書き付けた。「雨ニモマケズ」である。この詩をめぐる谷川徹三と中村稔の論争は有名である。また、その論争とはかかわりなく、この詩を中心とする小倉豊文の『雨ニモマケズ手帳新考』は詳細な研究成果として知られる。

そのほかさまざまな論考が今や山のように行なわれているが、あらためて『雨ニモマケズ手帳』を手掛りにしながら、賢治の法華経の祈りについて考えてみたい。

【I】写経からはじまる「雨ニモマケズ手帳」

『雨ニモマケズ手帳』は、その中の「雨ニモマケズ」だけに脚光が浴せられている感があるが、実は手帳全体に賢治の法華経の祈りが反映されている。賢治の残した手帳は十五ほど伝えられている。その多くは、実務的なメモが多いがその中に『法華経』の経文などが記されているものがある。

『雨ニモマケズ手帳』のまず第一頁には、次頁左上の写真のように、「当《と》知《ち》是《ぜ》処《しょ》　即《そく》是《ぜ》道《どう》場《じょう》　諸《しょ》仏《ぶつ》於《お》此《し》　得《とく》三《さん》菩《ぼ》提《だい》」と記されている。これは第三頁の「諸《しょ》仏《ぶつ》於《お》此《し》　転《てん》於《の》法《ほう》輪《りん》　諸《しょ》仏《ぶつ》於《お》此《し》　而《に》般《はつ》涅《ね》槃《はん》」につづく経文である。第二頁を見ると、「昭和六年九月廿日／再ビ／東京ニテ／発熱」とギコチナイ筆づかいで、エンピツ書きの文字が誌されており、これが最初の筆跡であろうと推測される。（『新校本宮澤賢治全集』第十三巻（上）本文篇496～497頁）

おそらく後から細い淡いエンピツによる小さな字で上部の空白に、「大都郊外ノ／煙ニマギレント／ネガヒ／マタ北上峡野／ノ松林ニ朽チ／埋レンコトヲオモヒシモ」と誌し、次に中央下部の空白に同じ筆跡で、「父母共ニ許サズ／廃躯ニ薬ヲ仰ギ／熱悩ニアヘギテ」とつづけて誌し、さらに右下にやっと空白を見つけて「是父母ノ／意　僅ニ／充タン／ヲ／翼フ」と綴っているのである（仮に筆者の読みによる）。こうしてみると、賢治はまず第二頁に、少なくとも最初に濃い太いエンピツの文字を誌したものと推察できる。

既にかなり肉体的に衰弱していた賢治が、東京神田駿河台の八幡館に泊って激しく発熱し、賢治は九月二十一日に父母宛の遺書と、弟妹への告別の言葉を書き残し、東北砕石工場の鈴木東蔵にも手紙を書いた。さらに二十七日に至って、賢治は今生の別れのつもりで父政次郎に電話をしたのである。驚いた父は東京の知人に善処を依頼し、早速、無理矢理、帰郷させる手配によって、賢治は翌二十八日に花巻へ着いたのであった。

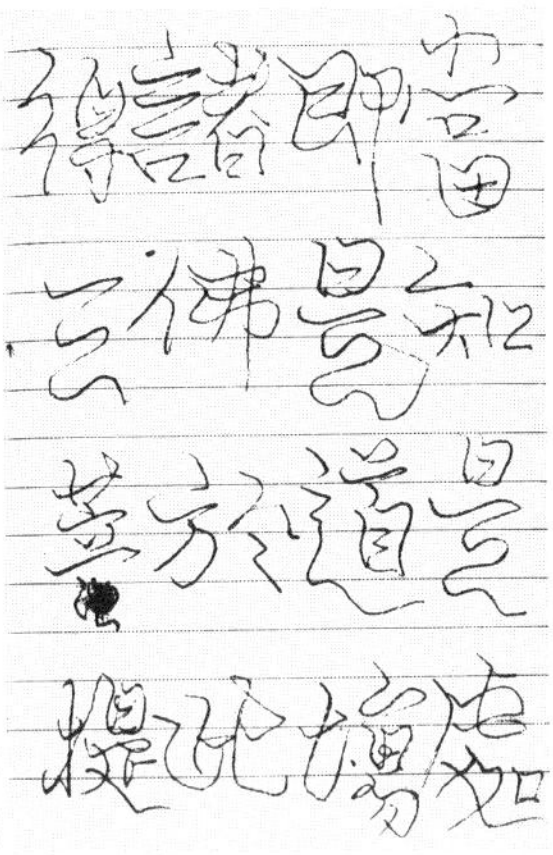
「雨ニモマケズ手帳」第一頁（資料提供・林風舎）

　賢治の弟、宮澤清六の『兄のトランク』によると、花巻駅へ迎えに出てみると、賢治は一つ手前の駅ですっかり洋服に着替え、新しいカラーにネクタイを結ぶという盛装で、大きなトランクを下げて、笑いながら三等車から降りて来たのだという。しかし、ともかく「昭和六年九月廿日、再ビ東京ニテ発熱」というギコチナイ賢治の筆跡は、死に直面した厳しい思いを籠めたものに違いない。

　こうしたことから、まず第二頁を誌し、おそらく少し落ちついてから、第一頁、そして第三頁に「当知是処」以下の法華経如来神力品の要文を書いたものであろう。そして、よく見ると、これは写経体で書かれていることに気づくのである。賢治には筆でこの要文を書いたものがあるようであるが、この手帳にはエンピツによる写経をしていると推察してよいように思う。

この要文は、久遠（永遠）の救済を明らかにした釈尊が、久遠の本弟子を説法の座（場所）に召《よび》喚《だ》して、「南無妙法蓮華経」の五字七字に法華経の教えのすべてが結要されている旨を伝え、本弟子たちが、その教えを奉じて、末代の衆生に救いをもたらすように命じた、重要な内容に続いて語られた要文である。

すなわち、「そのような久遠の釈尊に教え導かれた諸の仏陀世尊は、どこで修行したかといえば、まさに今、仏陀が衆生とともに在るこの場所で、永い永い修行をなさったのであり、そして諸の仏陀はこの現実の世界でこの上なき尊いおさとり（無上等正覚《むじょうとうしょうがく》）を体現なされたのであり、（さらにこの現実世界で教えを説いたのであり、ついにはこの現実の世界で涅槃にお入りになられたのである）」。

およそ、このような内容が説かれた部分をさらに四字偈に整えたのが、今の要文なのである。賢治はもちろん法華経を熟読し、その意味を深く深く咀嚼していったに違いないが、もともとは賢治が若くして入会した日蓮主義在家団体の国柱会の勤行《ごんぎょう》の軌範として田中智学が制定した『妙行正軌』の最初に「道場観」として掲げたものであった。したがって、この要文は田中智学に導かれるきっかけとしてのものでもあり、さらに法華経に沈潜して深く究めて行く道筋としてもあったということができよう。

【Ⅱ】苦痛とのたたかい

賢治が法華経に目覚めた祈りは、この現実の世界に人間の営みの意義と理想とがあり、仏陀の願いもまた同様であることであった。その祈りを籠めて第一・三頁にこの要文を書き付けたと思うのである。（『新校本宮澤賢治全集』第十三巻（上）本文篇496頁～）

そして、この要文は八一・二頁にも書きこまれている。ここでは一・三頁のような整った写経体ではなく、いわば普通の文字でそそくさと書かれている。すなわち、「調息秘術」と題して、「咳、喘左の法にて直ちに之を治す」と述べ、

呼吸呼吸　呼・吸・呼・吸・

当知是処　即是道場
諸仏於此　得三菩提
諸仏於此　転於法輪
諸仏於此　而般涅槃

（『新校本宮澤賢治全集』第十三巻（上）本文篇536頁）

これを見ると、賢治はこの経文の一字一字ごとに「呼」（吐く息）と「吸」（吸う息）とを繰り返して、胸の苦痛と闘っていたことを知るのである。しかも、その際にわざわざ「この現実世界にこそ仏陀はましますノ」「この現実世界において仏陀は修行し、覚りを得、そしてまさにこの現実の（苦に満ちた）娑婆世界において涅槃を示された」ということを語り示したこの経文によって、いわば呼吸法を行なっているのである。したがってそれは、賢治にとって呼吸法という息遣いによる療法ではなく、まさに生死の岸頭に立って、法華経の世界と一体となる祈りであり、修行であり、至楽の世界であったのであろう。

これまで、賢治の病床の祈りの詩としてひとり歩きして来た言葉も、ふりかえってみると、皆このような具体的な法華経への祈りを歌い上げているものであることを知る。

◎

わが胸のいたつき（筆者注「胸の病」という意味）

これなべての人また生けるものの

苦に透入するの門なり

（「手帳」八七・八頁　『新校本宮澤賢治全集』第十三巻（上）本文篇539頁）

◎

仰臥し右のあしうらを左の膝につけて
胸を苦しと合掌し奉る
忽ちわれは巌頭にあり
飛爆百丈《ひばくひゃくじょう》　我右側より落つ

（「手帳」八九頁・九〇頁『新校本宮澤賢治全集』第十三巻（上）本文篇540頁〜541頁）

◎

わが身熱し　燃えたれば
こゝろたゞ
久遠の如来をおもひ
わが両掌やゝに合し
唇や息合しこれに契ひたれども
かなしいかな

前障いまだ去らざれば
また清浄の光明なく
人を癒やさんすべもなし

（「手帳」一〇一頁～一〇二頁『新校本宮澤賢治全集』第十三巻 本文篇546頁～547頁）

「わが胸のいたつき」「胸を苦しと合掌し奉る」「唇や息合し」に筆者は圏点を付けて読者の注意を喚起してみたが、この胸部の苦痛を全身全霊をかけての法華経への祈りによって昇華しようとしている。その祈りの人生をそのまま清浄の光明に一体化しようとしているのである。

【Ⅲ】幻想・妄想からの脱却

前述の一二三頁「調息秘術」に咳や痰への対応のために法華経如来神力品の経文を挙げたが、それに続いて、「次に左の文にて悪しき幻想妄想尽く去る」として、法華経見宝塔品の経文の一部を掲げている。

為座諸仏　　以神通力

移無量衆　互融令国清浄
諸仏各々　五蘊詣宝樹下
如清涼池　国土蓮華荘厳
其宝樹下　衆生諸師子座
仏座其上　光明厳飾

（「手帳」八一頁後半　『新校本宮澤賢治全集』第十三巻（上）本文篇536頁後半）

この経文を訓読みすると、左のようになる。

（諸仏を坐せしめんがために　神通力をもって
無量の衆を移して　国をして清浄ならしむ。
諸仏は各々　宝樹の下《もと》に詣《いた》りたもうこと
清涼《しょうりょう》の池を　蓮華にて荘厳《しょうごん》せるが如し。
その宝樹の下に　諸の師子の座あり
仏は、その上に坐したまいて　光明にて厳飾《かざ》ること

（岩波文庫『法華経』中巻192頁）

法華経見宝塔品第十一は、釈尊の法華経説法を聞くために、わざわざ東方の宝浄世界から多宝如来が現れることが説かれる。あらゆる仏陀が最終的に明らかにする真実の経典であることを証明するために、多宝如来が宝塔の中に入ったまま出現するという、ドラマティックな光景が示されるのである。その様子を見て、十方の世界で教化を続ける釈尊の分身《ふんじん》の諸仏が釈尊のみもとに馳せ参じ、多宝如来の宝塔を供養したいと願った。釈尊はそれらの分身の諸仏を受け容れるために、まず最初に娑婆世界（我々の住む苦に充ちた世界）を清浄にし、第二に八方の二百万億那由佗という多くの国々を清浄にして、一仏国土として何の障害もないようにし、第三にさらにそれに八方の二百万億那由佗の国を追加して清浄にしたのであった。これを三変土田《さんぺんどでん》とよんでいる。

そのように長行《じょうごう》（散文体）で述べたところをもう一度偈頌《げじゅ》（詩偈）で述べたのが、今、賢治が書き誌した経文である（岩波文庫『法華経』中巻193頁）。

この経文の抄録の前に、「左の文にて悪しき幻想妄想尽く去る」とは、今述べたように、釈尊の法華経説法がいよいよ宇宙大の場に展開して行こうとする矢先、多宝塔が現れ、次いで十方の世界（というより宇宙といった方がイメージし易いかも知れないが）から釈尊の分身諸仏が説法の座に加わり来ようとしたとき、娑婆世界が釈尊によって清浄な仏国土として清められ、高められたその境地に、病床にある賢治も参入しようとする願いであろう。

現象的にみれば、それは病苦を逃れようとする祈りに過ぎないという見方もあるかも知れない。けれども、そもそも賢治が病躯をおして自己の信ずる生き方の実践のなかで倒れたということ自体、賢治の生涯は理想を追い求め、法華経に生き、法華経に死す覚悟のもとにあったことを思わねばならない。賢治の病苦との闘いは、賢治の人生総体をかけての法華経への問いかけではなかったのか。

その上、法華経から天台大師智顗によって「一念三千《いちねんさんぜん》」が『摩訶止観《まかしかん》』の原理として説かれ、日蓮聖人はそれを末法救済の証として開顕した。そこでは、人の心は人の心との相関でおわるものでなく、人の心は、迷いのなかに生きている衆生の世間と、生きとし生ける者を支えている国土の世間と、さらにこれら両者の根源としてある五蘊《ごうん》の世間という三つの世間が互いに融合していると説く。今の賢治の経文抄録の間に「衆生／国土／五蘊」「互融」というメモがあるのは、こうした三世間が融合し合っているという原理論をもととして、見宝塔品の「三変土田」（三度にわたって世界が清浄化されていく）があること、賢治自身の祈りもそれに根ざして行かなければならないことを思い求めた軌跡なのであろう。

この痛切な、そして広大な祈りの境地があって、その祈りを具体化していくと、煩悩魔《ぼんのうま》・五蘊《ごうん》魔《ま》・死魔《しま》・（自在天魔）のうち上記三魔を破る「賢聖軍」を信じ、病について「恐怖を去る時に半ば愈え、憂愁を離れる時は全く治す」との語を誌し、それらをまとめたのが、一七五頁にも掲げた詩なのである。恐怖は無我すなわち如来神力（仏陀の広大な救いに備わった不可思議な力）によってのみ対治できるのであり、憂愁は大信の対極にある。そして、人の心に恐怖と憂愁とをもたらすものは、貪《むさぼ》りと癡《ち》（仏陀の教えに対する無知）であるというのであろう。

ここには瞋《いかり》がないが、すでに指摘されているように、賢治の瞋《いかり》への恐れは甚常ではない。「春と修羅」にも「いかりのにがさまた青さ」とあり、随所にいかりへの恐れが詩われ、誌されている。

ともかく、『雨ニモマケズ手帳』にはこのような人間の根幹にある貪・瞋・癡という煩悩との根本的な対決がある。病床の中で、そうした人間の根幹と賢治は対峙していたのである。

【Ⅳ】不軽菩薩思慕

病苦との闘い、そのさなかでの人生への問いかけが、さまざまな形でメモされ、詩として遺されているなかに、「雨ニモマケズ」の詩があるのである。

「雨ニモマケズ」は、黒い手帳が一六六頁あるうち、五一頁から五九頁の九頁にわたって書き誌された。賢治が「雨ニモマケズ」を書き誌したのは、その書き出しの上部に「11、3」とあるところから、昭和六年十一月三日のことであったことは確かであろう。

この詩を誌した十一頁後の七一頁から七四頁まで、この詩の主題を劇化しようとしたメモがある（『新校本宮澤賢治全集』第十三巻（上）本文篇531頁～532頁）。そのタイトルは「土偶坊《デクノボー》」である。そのタイトルに添えて「ワレワレ　カウイフ／モノニナリタイ」とある。まさにこれは、「雨ニモマケズ」の最後の、

「ミンナニ　デクノボートヨバレ
ホメラレモセズ
クニモサレズ
サウイフモノニ
ワタシハナリタイ」

（「手帳」五八、九頁『新校本宮澤賢治全集』第十三巻（上）本文篇524頁～525頁）

と照合する。

「土偶坊」のメモは十一景から成る。第一景はいったん「薬トリ」と書いて、その上から抹消の棒線を引いており、そのあとは空白になっている。第二景は「母病ム」の下に「祖父母父ナシ／腹膜／ナアニ腹膜ヅモノ」、「小便ノ音」「デグノ坊見ナィナ　ウーイ」とある。（『手帳』七一頁『新校本宮澤賢治全集』第十三巻（上）本文篇531頁）

小倉豊文氏はこれを〈「祖父母ナシ」は主人公の家庭的関係で、「腹膜」は主人公の病名であろう。「ナアニ腹膜ヅモノ」「デグノ坊見ナィナ、ウーイ」は何れも酔ぱらった主人公の台詞と動作であって、「なあに、腹膜て（という）もの……」、「デクノ坊見たいな、ウーイ（酔っぱらいのおくび）」と来て、ジャアジャアと放尿する「小便ノ音」か〉と解釈している。

それに続く「妻、……ナァニクソ経ナドヅモノ、／……イヤ／アイテ／クヤシ／マヌ」は妻のせりふで、「なあに糞！　経（仏教の経典）などというもの……いや……痛い！　悔しい！　また（打たれた）！」というほどの意味であろうという。（『「雨ニモマケズ手帳」新考』一六二頁）

第三景には「青年ラ　ワラフ／土偶ノ坊　石ヲ／投ゲラレテ遁ゲル」とあり、第四景「老人死セントス」、第五景「ヒデリ」、第六景「ワラシャド（わたしらは）ハラヘタガー（腹がぺこぺこにへってしまったがな……）」と誌されている。このようにたどってみると、第二景から第六景までの情景と「雨ニモマケズ」の後半とは見事に照応している。

東ニ病気ノコドモアレバ
行ッテ看病シテヤリ
西ニツカレタ母アレバ
行ッテソノ稲ノ束ヲ負ヒ（以上、第一景、第二景と）
南に死ニサウナ人アレバ
行ッテコハガラナクテモイヽトイヒ（第四景と）
北ニケンクヮヤソショウガアレバ
ツマラナイカラヤメロトイヒ
ヒドリ（原文ママ）ノトキハナミダヲナガシ
サムサノナツハオロオロアルキ（第五景と）
ミンナニデクノボートヨバレ
ホメラレモセズ
クニモサレズ（以上、第三景と）

（「手帳」五四頁～六〇頁『新校本宮澤賢治全集』第十三巻（上巻）本文篇522頁～535頁）

その後には第七景「雑誌記者　写真」などのメモがあって、第七景第八景「恋スル女――アラ幻滅／衣」、第九景「青年ラ害セントス」、第十景「帰依者／帰依ノ女」、第十一景「春／忘レダアダリマダ来ルテ云フテドコサガ行タナ」でしめくくられる。（「手帖」七三頁～七四頁『新校本宮澤賢治全集』第十三巻（上巻）本文篇532頁）

デクノボーは常識では木偶坊であろうが、賢治は土の生活をしながら人々から嘲り笑われるイメージで「土偶坊」としたのではなかろうか。しかも「ナァニクソ経ナドヅモノ」（なにクソ！経などというもの）と罵しられたり、「衣」などとあるから、これは明らかに法華経常不軽菩薩品の主人公、つまり常不軽菩薩（または不軽菩薩ともよぶ）のイメージを貧しく苦しい農村の中に出現させてみるという構想であると考えたい。第七景以降の構想を推察することはむずかしいが、常不軽菩薩は貧しい青年として出現し、最後にその本身を明らかにされ、最後の言葉はナレーションで、貧しい農村の人に希望を訴えた常不軽菩薩が、「人々が忘れた頃、再びこの地を訪問することにしよう」と言って、またどこかへ行ってしまったということだ、と、この芝居をしめくくったのではなかろうか。

常不軽菩薩は釈尊の前生での修行の一齣を描いた譚であることは今更言うまでもない。しかも、威音王如来《いおんのうにょらい》という仏陀が入滅して正法《しょうぼう》の時代が過ぎ、像法《ぞうぼう》（かたちだけが伝えられる）の時代が終りを告げようとする乱れた時代に現れ、ただひたすら人々のそれぞれの胸に内在する仏陀《ぶっだ》を礼拝《らいはい》することを行《ぎょう》とした。しかも、そのために権力者から卑屈な生活に陥っている人々までの、あらゆる階層の人々から迫害を受けながら礼拝行をつらぬき通し、遂に仏身を得たとされている。

今、「土偶坊」のメモと、「雨ニモマケズ」とを関連させてみると、「雨ニモマケズ」は一つには賢治が花巻市の郊外、下根子桜の北上川の畔の宮澤家の別宅を改装して独居自炊の生活に入り、羅須地人協会の活動を行なった、賢治自身の体験に即した農民指導の願いを描いたものといえよう。「雨ニモマケズ」の前半はまさにその願いの光景ともいえる。

雨ニモマケズ
風ニモマケズ
雪ニモ夏ノ暑サニモマケヌ
丈夫ナカラダヲモチ
慾ハナク
決シテ瞋ラズ

イツモシヅカニワラッテヰル
一日ニ玄米四合ト味噌ト少シノ野菜ヲタベ
アラユルコトヲ
ジブンヲカンジョウニ入レズニ
ヨクミキキシワカリ
ソシテワスレズ
野原ノ松ノ林ノ蔭ノ
小サナ萓ブキノ小屋ニヰテ
（「手帳」五一頁〜五四頁　『新校本宮澤賢治全集』第十三巻（上）本文篇521頁〜522頁）

しかも、これ自体、常不軽菩薩の誓願を詩っていることが暗示されていると思うが、さらに後半に入って、人々の苦悩の現実の前に、ただ「ナミダヲナガシ」「オロオロアルキ」ということしかできないで、「ミンナニデクノボートヨバレ」るしかないと覚悟して、真理の実践の道に分け入ることを詩っているのである。こうした内容こそは、まさに常不軽菩薩の礼拝行そのものではないのか。どれほどの理想を立て、その実現を誓っても現実にはさまざまな困難がある。それに挫折してもならないし、また安住してもならない。それが常不軽菩薩の礼拝行なのであろう。そこにこそ仏教の示す深い誓願の世界があるのであろう。だからこそ賢治は、手帳の一二一頁から一二四頁にかけて、ずばり「不軽菩薩」礼讃の詩を誌しているのである。

不　軽　菩　薩

あらめの衣身にまとひ

あるひは瓦石さてはまた
刀杖もって追れども
見よその四衆に具はれる
仏性なべて拝をなす

菩薩、四の衆を礼すれば
衆はいかりて罵るや
この無智の比丘いづちより
来りてわれを礼するや

我にもあらず衆ならず
法界にこそ立ちまして
たゞ法界ぞ法界を
礼すと拝をなし給ふ

（『新校本宮澤賢治全集』第十三巻（上）本文篇556頁～557頁）

※「四衆」とは比丘・比丘尼・優婆塞・優婆夷。すなわち僧・尼、男性信徒・女性信徒のこと。

Ⅳ　賢治の祈り

第一章　仏陀釈尊への帰命と地涌菩薩尊崇

‖賢治のいだいた菩薩の祈り‖

宮澤賢治の生涯は、あたかも万華鏡のように多面的である。その多面的な生涯の精華がわずかに満三十七年と一カ月足らずのうちに展開するのであるから、推理力に欠ける筆者などは、賢治の生涯の事績が頭の中で整理されないままに展開してしまう。年表を繰りながらも、混線すれすれになってしまうのである。

昭和五十二年（一九七七）に刊行された『校本宮澤賢治全集』十四巻（全十五冊）によって、われわれは賢治の作品の執筆と添削の様子を手に取るように知ることができるようになった。『校本宮澤賢治全集』は宮澤清六・天沢退二郎・猪口弘之・入沢康夫・奥田弘・小澤俊郎・堀尾青史・森荘已池《もりそういち》の各氏による共編で、「宮澤賢治の全作品を、メモ・手帳・書簡等の一切を加えて収録する」（凡例一）という趣旨を根幹として、昭和四十八年五月から同五十二年十月にかけて刊行された。本書の特色は、数次にもわたる手入れ・書直し・改作等のあとが見られる宮澤賢治の作品の各々の段階の形態にこそ、賢治のいわゆる「推敲の現状を以てその時々の定稿となす」という性格があるとし、各作品に見られる諸段階の形態のすべてを明らかにしようとする意図で編集されている。おそらく、他の作家の例には見られない画期的な作品集である。

例えば、『銀河鉄道の夜』という作品が十数年にわたって、繰り返し、手を加えられており、五種類ほどの各段階での作品があることが分かったのである。さらにその後一九九五年（平成七年）～二〇〇一年（平成十三年）にかけて、綿密な校訂と関係メモ等を総合した『新校本宮澤賢治全集』全十六巻が刊行された。宮澤清六・天沢退二郎・入沢康夫・奥田弘・栗原敦・杉浦静の各氏の編纂により、各巻とも「本文篇」「校異篇」の二冊から成っている。本書では、出来るだけ『新校本』の表記によるように努めたつもりである

【I】「法華文学ノ創作、名ヲアラハサズ」

すでに見て来たように、『雨ニモマケズ手帳』の中にもさまざまな面からのメモがある。そうした中で、一三九・一四〇頁には紫色の鉛筆で、左から右の方へ、次のような執筆にあたっての

有名な心構えを書き付けている。

筆ヲトルヤ　マヅ道場観／奉請ヲ行ヒ所縁／仏意ニ契フヲ念ジ／然ル後ニ全力之／ニ従フベシ

断ジテ／教化ノ考タルベカラズ！

タヾ純真ニ／法楽スベシ。

タノム所オノレガ小才ニ／非レ。タヾ諸仏菩薩／ノ冥助ニヨレ。　（左から右に記されている）

（『新校本宮澤賢治全集』第十三巻 本文篇 565頁）

ここに言う「道場観《どうじょうかん》」とは、若き賢治が入会した国柱会の勤行のテキストである『妙行正軌』の最初に掲げられる法華経如来神力品第二十一を抜粋した要文である。すなわち、『雨ニモマケズ手帳』の巻頭に書かれた「当知是処　即是道場　諸仏於此　得三菩提　諸仏於此　転於法輪　諸仏於此　而般涅槃」という経文である。その意味は前章にも述べたように、諸の仏陀世尊は、苦悩に満ちたわれわれの住むこの娑婆世界でお悟りを求め、修行し、法を説き、やがて涅槃に入られたことを思い、今われわれが生きているこの場所こそ教えを求め実践する道場であることを

念ずるのである。（本書177頁参照）

次に「奉請《ぶじょう》」とは、法華経見宝塔品第十一の要文である。これも実は前章に述べた「調息秘術」のところに掲げてある「為坐諸仏　以神通力　移無量衆　令国清浄　諸仏各々　詣宝樹下　如清涼池　蓮華荘厳　其宝樹下　諸師子座　仏坐其上　光明厳飾」という経文なのである。すなわち、法華経を釈尊が説かれるのを知って、多宝如来がその説法が真実であると証明するために多宝塔とともに出現する。

さらに十方の国土で教化を続ける釈尊の分身仏が参集し、ここに娑婆世界が清浄な仏国土として清められることを明らかにした経文である。（本書一七〇頁以下参照）

こうしてみると、「筆ヲトルヤ　マヅ道場観　奉請ヲ行ヒ」ということは、まさに仏陀の前で勤行をするときの祈りそのものであることがわかる。すべてが仏陀の意志に叶うことを念じ、全力でこれに従わねばならないとし、決して他人を教化《きょうけ》するなどという心を起こさず、ひたすら教えを受ける喜びの心の内にあり、見えざる導き（冥助）を願えと、自分自身の心を叱咤しているのであろう。

しかもこれが書かれた四頁前の一三五頁（『新校本宮澤賢治全集』第十三巻（上）本文篇563頁）には、

◎高知尾師ノ奨メニヨリ
1、法華文学ノ創作
名ヲアラハサズ、
報ヲウケズ、
貢高ノ心ヲ離レ、

とメモされている。因みにこの後に「2、」とあるが、その下は空白になっている。すでによく知られている通り、「1、」の文章はこれは以前にも触れたように賢治が大正十年に出奔して東京鶯谷の国柱会に直行し、奉仕を願い出た時に理事の高知尾智耀から受けた訓戒である。先の「筆ヲトルヤ」の祈りはまさにこれと深く関わるものであろう。ただこれについては、賢治の全作品がいわばこのような祈りを捧げてから執筆されたものであるかという疑問を呈する見方もないわけではなかろう。

これについては、筆者は形式的な儀式を伴うということでなく、絶えず賢治の執筆の背後にこのような祈りがあったという意味と捉えたい。しかも、繰り返しになるが、病床にある賢治の祈りのなかに去来する願いであるゆえに、それは全作品の背後にある祈りを表白するものであったのではないだろうか。

さて、今の「高知尾師ノ奨メニヨリ」のメモで、「名ヲアラハサズ」とは名誉心に捉われることなくという意味であろうし、「報ヲウケズ」とは無償の奉仕の心を以てせよということであろう。次の「貢高ノ心ヲ離レ」とは「貢高」が「驕傲自大」という意味なので（『漢語大辞典』）、賢治が増上慢に陥ってはならないという自戒の言葉なのである。すなわち、仏教の根本的な戒めである三毒を貪欲・愚癡・瞋恚の順に書き記して、自戒を祈ったものであろう。

【Ⅱ】法華経への目覚め

宮澤賢治は若き日、法華経に出会って身震いするような感動を覚えたという。それはどうしてなのか。法華経のどこにそれほどの感激を覚えたのかという議論がさまざまに行なわれている。今からかなり以前のことになるが、筆者は栗原敦氏（実践女子大学教授）の講演を聞いて、筆者が感じている方向はさほど間違っていないのではないかという思いを深くした。栗原教授は言う。賢治の宗教への関心は父政次郎の長い宗教への沈潜を受け継いでいるものであって、そうでなければ若くして賢治があれほど仏教を理解し、やがて法華経と真っ正面から取り組んでいくことは出来なかったであろう、と。その上で、栗原教授は『雨ニモマケズ手帳』一二九・一三〇頁（『新校本宮澤賢治全集』第十三巻（上）本文篇560頁）で若き日に盛岡の報恩寺での臘八接心《ろうはちせっしん》を思い起こしてのメモに、賢治の法華経への感動の原点を見るという。十二月八日は言うまでもなく釈尊がお悟りを開かれたことを思う成道会《じょうどうえ》の日である。十二月一日から八日にかけて、禅宗の寺では坐禅一筋の修行を行なうが、それを臘八接心という。

若き日に報恩寺での臘八接心に参加したときのことを思い起こしながら、今は病床にある賢治は法華経の如来寿量品第十六の経文への感激を誌すのである。

しめやかに木魚とゞろき
衆　いま誦し出づる
寿量品第十六や
清らなる
さらばいざ座を解きて跪し
わが不会と会とのかなたに
み仏のとはにゐますを

双手しておろがみ聴かん

（『新校本宮澤賢治全集』第十三巻（上）本文篇560頁）

坐禅堂で坐禅に没入していると、本堂から成道会の法要の誦経の声が聞こえてくる。お経は『法華経』の如来寿量品第十六である。その声を耳にして、坐禅の組み足をほどいてひざまづき、みほとけに礼拝するのである。

「不会《ふえ》と会《え》とのかなたに」というのは、法華経の如来寿量品第十六の偈頌で、仏陀に出会うことの困難なことを説く内容を指しているものであろう。具体的にこのことを明らかにする経文を挙げると、「柔和にして質直《すなお》なる者は　則ち皆、我が身　ここに在りて法を説くと見るなり。或る時はこの衆のために　仏の寿《いのち》は無量なりと説き　久しくあって乃《いま》し仏を見たてまつる者にはために仏には値《あ》い難しと説くなり」と説かれている（岩波文庫『法華経』下巻三二頁・三四頁）。

すなわち、心が柔軟で素直な者の前に、仏陀はその姿を現わされる。柔和にして質直《しちじき》なる者（素直な心である者）は、眼前で説かれる教えを聴く。またある時には、仏陀が永遠であると説かれるのを聴く。しかし、しばらくして、仏陀に出会った者は、それ故に再度仏陀に出会うことは困難であると言われる、というのである。

永遠の寿命を以て衆生を救い続ける仏陀釈尊に出会うことは、それほど困難なことである。賢治は今、そのような久遠の釈尊に手を合わせ、その説法をお聞きする境地に目覚めたのである。その時、本堂の読経は、まさに如来寿量品の本文に入って、弥勒《みろく》菩薩をはじめとする菩薩大衆が合掌して仏陀釈尊に「世尊、ただ願わくは誠諦《じょうたい》のことば（真理の説法）をお説きください」と三回に亙ってお願いをするところの読経に進んでくるのであった。

栗原教授の理解を私なりに受けとめれば、この一瞬のうちに宮澤賢治は永遠の釈尊に出会ったのであろうと思う。仏陀釈尊の深い境地を明らかにしたのが如来寿量品なのである。そのときにみほとけに出会ったということは、賢治はそれ以前に本当のみほとけの姿に出会わなかったことになる。

その時の感激を賢治が誌したのが今挙げた「報恩寺訂正」（木魚いまや丶／急にして／み経はも三請に入る）という箇所であろうという。若き日の一瞬の目覚めはその後次第に増幅され、またださんと確固なものとなっていったのであろう。

【Ⅲ】菩薩への憧憬

こうした久遠釈尊への深い帰依は歳を追うごとにますます強固なものとなっていったし、それは彼の全作品に投影していることであろう。そして、それとともに菩薩への憧憬が深くなっていったと思うのである。そのあらわれが、前述の常不軽菩薩への思慕の表明となっていることは、周知のことであろう。「雨ニモマケズ」の詩にうたわれる祈りの言葉は、常不軽菩薩の精神を実践する「デクノボー精神」としてよく知られる通りである。

しかし、一方では日蓮聖人の宗教の基本が地涌《じゆ》の菩薩の代表としての上行《じょうぎょう》菩薩の応現であるとの自覚にあるのであるから、宮澤賢治はこの地涌の菩薩の精神を継承し、それに基づいた行動によるのでなければならない。

さて、『雨ニモマケズ手帳』の四頁を開くと、左のようにお題目と菩薩の名が前頁に続いて写経体で誌されている。（『新校本宮澤賢治全集』第十三巻（上）本文篇 497頁）

南無浄行菩薩
南無上行菩薩
南　無　妙　法　蓮　華　経
南無無辺行菩薩
南無安立行菩薩

手帳の最初に、このようなことを写経すること自体、賢治の祈りの深さを明らかにするものと言えようが、このように南無妙法蓮華経を中心にしての祈りは『雨ニモマケズ手帳』の他の箇所にも見られる。

「雨ニモマケズ」の詩の直後の六〇頁には左のように図示されている。（『新校本宮澤賢治全集』第十三巻（上）本文篇525頁）

南無無辺行菩薩
南無上行菩薩
南無多宝如来
南　無　妙　法　蓮　華　経
南無釈迦牟尼仏
南無浄行菩薩
南無安立行菩薩

さらに、一四九・一五〇頁には前掲の四頁と同じように誌され（但し、安立行菩薩が二回繰り返して書かれている。『新校本宮澤賢治全集』第十三巻（上）本文篇570頁）、一五三・一五四頁には前掲四頁と同形ながら両脇に「大毘沙門天王」「大持國天王」が画かれている（『新校本宮澤賢治全集』第十三巻（上）本文篇572頁）。また、続いて一五五・一五六頁では「南無妙法蓮華経」を先頭に書した後、上行・浄行・無辺行・安立行の菩薩名の順番で右から書いている（『新校本宮澤賢治全集』第十三巻（上）本文篇573頁）。

周知の通り、宮澤賢治は大正十年一月二十三日に家を出て、国柱会に向かったとき、すでにそれ以前に国柱会から授与されていた大曼荼羅御本尊を持って出たのであった。すなわち、同年一月三十日付けの関徳弥宛の手紙に、その時の心境と経緯が述べられている。

「今回出郷の事情は御推察下さい。拝眉の機会もありませう。色々御親切に家の模様などお書き下されまして誠にありがたうございます。本日迄の動静大体御報知致します。
何としても最早出るより仕方ない。あしたにしやうか明後日にしやうかと二十三日の暮方店の火鉢で一人考へて居りました。その時頭の上の棚から御書が二冊共ばったり背中に落ちました。さあもう今だ。今夜だ。時計を見たら四時半です。汽車は五時十二分です。すぐに台所へ行って手を洗ひ御本尊を箱に納め奉り御書と一所に包み洋傘を一本持って急いで店から出ました。」（『新校本宮澤賢治全集』第十五巻【書簡185】本文篇 二〇四頁）

この手紙の最後にも「稽首《けいしゅ》本門三宝尊／南無妙法蓮華経／合掌」とあるのであって、そのときの賢治の高まった法華経信仰の様子をうかがうことができよう。

賢治が授与された大曼荼羅御本尊は、賢治記念館に保存されているが、それと同じ御本尊が、現在でも国柱会の本部講堂に安置され、同時に信徒の方々の家庭でも奉安されているということである。つまり、日蓮聖人がその生涯で最も苦境に立たされていた佐渡島での生活の中で始めて図し顕わされたと古来伝えられる大曼荼羅（「始顕本尊《しけんほんぞん》」）を、国柱会の創始者である田中智学が整えて筆写し、その信徒たちの共通の本尊として奉安したのである。賢治が授与されたのもそれであって、右側に授与の年月日、左側には宮澤賢治に授与される旨が書き記されている。賢治は終生この大曼荼羅御本尊に祈りを捧げ、今、花巻市の賢治記念館にその模本が掲げられている。

賢治が『雨ニモマケズ手帳』六〇頁（『新校本宮澤賢治全集』第十三巻（上）本文篇 525頁）に写したのは、その御本尊の中心部を書き写したものとされる。そのことは、日蓮聖人の教義に即しての解釈として許される内容であろう。ここには「南無妙法蓮華経」の両脇に「南無釈迦牟尼仏」「南無多宝如来」が国柱会から授与された大曼荼羅と同様に書き写されている。

ところが、この手帳の中で、賢治が何度か書き写しているその他の書き表わし方は、これとは異なっていて、「南無妙法蓮華経」の両脇に「南無釈迦牟尼仏」「南無多宝如来」が書かれていないのである。この原稿を書きながら、改めて確認したことなのだが、授与された大曼荼羅では「南無釈迦牟尼仏」「南無多宝如来」と「南無上行菩薩」等とは同じ高さで、いわば同列に書き写されている。ところが、上に掲げた写真によって確認されるように、賢治は釈迦牟尼仏等を上行菩薩等よりも一段高く書き写している。現在、一二〇数点以上もの多くの日蓮聖人の真筆《しんぴつ》が諸大寺等に護持されているが、賢治はそれを直接拝見し、明確に記憶し、それに基づいて書き写したものであることになる。

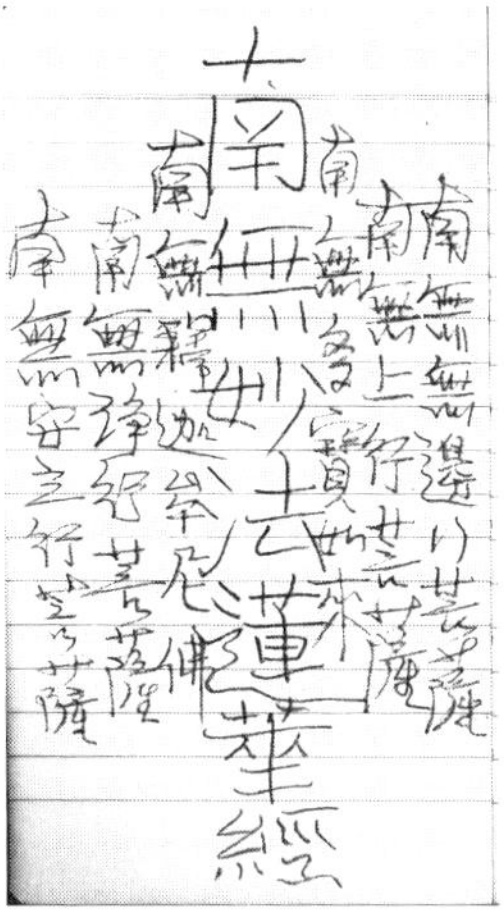

自筆・法華経大曼荼羅の中心部
（資料提供・林風舎）

これほど明確な観察力と確固たる教義理解を持っていた賢治が、他方では何故、題目の両脇に四菩薩の名のみを書き写したのであろうか。この点について賢治は何も言っていないが、私はこれは賢治の菩薩への関心に基づくものだと推察したいのである。

改めて言うまでもなく、日蓮聖人は法華経が末法に弘められることについては、『法華経』自身にそのことを順を追って予言している旨を明らかにしている。結論的に言えば、久遠の釈尊は久遠の弟子の代表たる上行菩薩等の四菩薩が随侍せねばならないのである。そこにこそ、久遠の釈尊の真実のお姿が明らかになるというのである。

手帳六〇頁には大曼荼羅の中心部をそのまま書き写した賢治が、第四頁（『新校本宮澤賢治全集』第十三巻（上）本文篇497頁）を初めとして数箇所に菩薩の名のみを記したとき、それは本尊として書き写すのではなくて、上行菩薩等の久遠の菩薩の心を受け継ぐことを念じてのことであったのではなかったろうか。そうした点から言えば、上行菩薩は日蓮聖人にとって決して過去の菩薩であるのではない。釈尊は上行菩薩に末法の弘教を付嘱し、今、日蓮聖人は御自身こそ上行菩薩の応現であることの自覚に立ったからである。しかも、その責務を担う点においては、日蓮聖人門下もその覚悟を持ってせねばならないというのである。こうした覚悟を迫る教えを奉じて、賢治は生涯を通じて生きたのである。そのことが病床の賢治にじんと迫ってきたことであろうし、生涯の祈りのままに行き抜いていこうとする祈りとして、数度にわたって四菩薩の名をお題目の両脇に書き付けることとなったのであろう。

果たして大正十年二月。家出の直後、友人、保阪嘉内あての葉書に、次のように誌されている。

「本化日蓮大聖人
　斯《こ》の人世間に行じ給ひて
　能く衆生の闇をば滅す
　讃ふべき哉　仰ぐべき哉　総《そう》別《べつ》の二義相叶ひ
　実に妙法の法体に渡らせ給ふ
　至心に謝し奉る末法唯一救主上行大菩薩
　緑よ緑よ燃ゆる熱悩の涯無き沙漠今し清涼欝蒼の泉地と変ぜよ　焦慮悶乱憂悲苦悩総て輝く
　法悦と変ぜよ。」

（『新校本宮澤賢治全集』第十五巻【書簡188】本文篇208～209頁）

引用の二行目三行目は法華経如来神力品第二十一の偈頌の経文で、上行菩薩が末法の世に出現して人々に救いの光をもたらすことをいう。四行目の「総《そう》別《べつ》の二義」とは、釈尊から上行菩薩等に格別な末法の衆生救済を付嘱したことを「別《べっ》付《ぷ》嘱《ぞく》」といい、それをさらに一般化して総ての人が自分のできる範囲で教えを伝えようと誓うことを付嘱することを「総《そう》付《ふ》嘱《ぞく》」といい、その総てが成就することを心から願っているのである。

【Ⅳ】上行菩薩と常不軽菩薩

大乗仏教で言う菩薩とは、一般的に言えば、「自己一人の悟りを求めて修行するのではなく、悟りの真理を携えて現実の中におり立ち、世のため人のために慈悲利他行を実践し、すすんでは悟りの真理によって現実社会の浄仏国土化に努める者」というように定義される（『岩波仏教辞典』）。たしかに賢治の菩薩の願いも、ここに定義されるように、自ら法華経に導かれながら真理の道を踏み分け、そのことと表裏一体の献身の実践を生涯にわたって続けたのであった。

しかし、これまで読者諸賢と一緒に賢治の心を追ってみると、賢治はどこまでも法華経の教えに分け入り、そこに示される菩薩の在り方と一体化しようとした。これまで多くの方々によって指摘され、また顕揚されてきた通り、その一つの姿は常不軽菩薩のイメージである。前章で紹介したように、賢治はデクノボー精神を「雨ニモマケズ」で語り、その精神が常不軽菩薩を基幹とすることを『雨ニモマケズ手帳』によって確かめることができた。この常不軽菩薩のイメージというものが、賢治の姿を見事に象徴するものであることは確かであろう。

しかし、その反面で、賢治にとって久遠《くおん》の釈迦牟尼仏を目のあたりにし、その光の中にあり続けようとしたことが、その宗教生活の根幹にあったことを忘れてはならないと思う。われわれ日本人の理想の世界は、平面的なのだと宗教学者は言う。振り返ってみると、釈尊の救いのイメージの中にわれわれはどれほど浸ることができるだろうか。いくら巨大な大仏様の前に立ち、あるいは言い尽くせぬほどの優美さ溢れる仏像の前に立とうとも、ただそれだけでは単なる美術鑑賞に終わるか、歴史解釈にとどまってしまうであろう。

今さら言うまでもなく、賢治の文学作品に見るイメージの豊かさは、言ってみれば日本人離れしているといっても過言ではないのではないか。ということは、その背後にイメージ豊かな法華経への沈潜があるということであろうと思う。そうした意味で、久遠釈尊への深い帰依というものが、われわれが想像することの困難なほど豊かなものであったと考えたい。

そして、そこに久遠の本弟子の代表である上行菩薩等への祈りが、常不軽菩薩への思慕とはまた少し違った様子で、賢治の心をゆさぶり続けたのではないかと思う。「手帳」四頁ほかに四菩薩の名を誌した理由はそこにあるのではないかと考えるものである。

この上行菩薩等の地涌の菩薩を通じての使命観と、常不軽菩薩のイメージを通しての使命観とは、日蓮聖人に於て見事に一体となって昇華された。そして、賢治はこれを彼自身の生き方の祈りとして受け継いだものであろう。

第二章　病床での苦悩

＝賢治における生と死＝

「死」は「生」の結末であり、「生」は「死」の投影である。大岡信氏の『永訣《えいけつ》かくのごとくに候』で文人や作家たちの生と死が紹介されているように、その人の死の迎え方はその人の生き方に支えられている。その人の生は、結局、その人の死生観に裏打ちされているのである。その生涯を科学者・文学者・宗教者として人々の幸福のために捧げた宮澤賢治の、大きな祈りに支えられた死への対面の様子を辿ってみたい。

【Ⅰ】賢治の童話に見る「死」の意識と祈り

宮澤賢治の作品を少し思い起こしても、『よだかの星』では弱いもののために犠牲になる生き方が描かれ、さらに進展して『グスコーブドリの伝記』では飢饉の中で両親や妹を失った少年が火山研究家クーボー博士に師事し、やがてその成果によって地域の温暖化が進んだものの、技術を補う犠牲なくしてはこの地域に決定的な冷害が襲うと分かったとき、少年グスコーブドリは自分の身を犠牲にして人々を冷害による被害から守るのである。この他、賢治の作品には数多くの自己犠牲の物語が描かれている。

　そしてさらに、『銀河鉄道の夜』では少年ジョバンニが夕暮の町外れを歩いて、岡の野原に横になっているうちに、いつしか銀河鉄道に乗って銀河宇宙を彷徨《さまよ》い、目覚めて友の死を知るのである。このように、死を機縁として見知らぬ世界を彷徨うという話は数多くあり、この童話もその一つのタイプであるという批評もあるようであるが、それにしても「死」ということがこの物語の下敷きとしてあるということはなかなか興味深いものがある。

　つまり、私なりの感想では、賢治にとって「死」は滅亡することではなく、その先に新たな生が開けることであった。その意味で、この『銀河鉄道の夜』の持つ意味性は、前述の二つの素朴な物語とは違った側面を示しているものであると理解したいのである。

　いつの世であれ、人が死を意識しないことはないであろうが、近代日本の文学者たちが私小説的な世界のなかで死と向かい合っていたとき、宮澤賢治は絶えず地域の人々の暮らしぶりに心を引かれ、人々と共存する生と死とを見つめていた。一口で賢治の生涯を表現すれば、「祈りの生涯」であったと言い表わすことができよう。

また賢治の農業技術者としての生き方や文学作品に描かれる生死観を考える場合、どうしても見逃せないのは、彼が生まれた頃の、岩手県など東北一帯を襲った凶作の連続である。実際、その後もこの問題の根は深く、賢治が亡くなる直接の死因も、稲の博士・賢治に教えを乞う農民に、高熱を押して指示を与えたことにあるというのが真相のようである。

【Ⅱ】死の覚悟

賢治の容体が悪くなったのは突然のことではなく、昭和六年九月には既にかなり悪くなっていたのであり、賢治自身その段階で「遺書」を書いているのである。当然、それ以前の無理が積もっていった結果であろう。

昭和六年九月二十八日に帰郷した後、賢治は後に『雨ニモマケズ手帳』と呼ばれる黒い表紙の手帳を病床の友として、いつも手放さなかった。その第二ページには、前述したようにあまり整わない筆使いで次のように誌されている。

「昭和六年九月二十日／再ビ東京ニテ発熱／十一月十六日　就全癒／大都郊外ノ煙ニマギレントネガヒ／マタ北上峡野ノ松林ニ朽チ埋レンコトヲオモヒシモ／父母二共ニ許サズ／廃躯ニ薬ヲ仰ギ熱悩ニアヘギテ／是父母ノ意　僅ニ充タンヲ翼フ」（『新校本宮澤賢治全集』第十三巻（上）本文篇496頁）

この文章のうち、最初の「昭和六年九月二十日／再ビ東京ニテ発熱」の部分が大きな字で黒々と誌されているので、この部分は同日書かれ、「十一月十六日　就全癒」がそれよりほぼ三ヵ月後の十一月十六日に誌され、それ以外の文章はその間に書き込まれたものであろう。「父母二共ニ許サズ」とは、「父母は二人とも私の行為を許されなかった」といったほどの意味であろうか。校本の筆録者はそのような趣旨に書きとっているようである。また「翼」は「冀」（こいねがう）の誤記とされる。

ともかく、賢治は農民の幸福を願い、平成の今になっても稲作農業などに打撃を与えると恐れられている、「ヤマセ」（寒流が太平洋沖にとどまるために冷たい霧が山野に行き渡り、農業を不作にさせる冷たい風）に耐える地味を田圃にもたらすことを願って、東北砕石会社の事業を軌道にのせようと奔走していたのである。そのために、あえて東京の郊外の煙害の中で苦闘し、最後には北上川の畔の松林の中に建てられた粗末な家で命を終えようと覚悟してのことだったのだけれども、両親からはそれが許されようとしない。そこで、もはやこの世で役に立つことがなくなってしまった我が身ではあるが、医師の治療に従い、熱に悩みながら、せめて両親の御意志に多少なりとも応えることができたならばと祈るのみであるといった心境を記しているのである。

その後の闘病生活の中でも、賢治のこの意志はまったく微動だもしていないのに驚くのである。病床にあった昭和七年（一九三二）にも、賢治は「砕石工場依頼の用をし、肥料設計の問い合わせに答え、高等数学を勉強し、作品の推敲をし、俳句を作った。菜食をつづけたことも旧と同じ」（『新修宮沢賢治全集』別巻四四七頁）という状態であった。昭和八年一月になると「わずかに歩行できるようになり、工場依頼の稲の生育と肥料四要素吸収状態図説を送り、広告文案についてのべ、農民の肥料設計に応じる」（同書四四八頁）という日々を送ることができた。そうしたなかで、賢治はすでに東北砕石会社についての清算をすることを決心しているが、昭和八年八月四日、鈴木東蔵と最終連絡を終えている。

【Ⅲ】「遺言」

周知の通り、賢治は絶詠二首を九月十九日に詠み、書き残している。

方十里　稗貫のみかも　稲熟れて
み祭三日　そらはれわたる
病《いたつき》のゆゑにも朽ちんいのちなり
みのりに棄てば　うれしからまし

九月十七日から十九日までは花巻の鳥谷崎《とやがさき》神社の大祭で、お神輿が町内を巡行し、山車がそれに続き、三味線や太鼓での演奏で神事を寿ぐのである。この年の祭礼は快晴に恵まれ、しかも岩手県最高の百三十三万石という豊作に恵まれたのであった（同書四四九頁）。人々が豊作を喜びあい、多くの人出に沸き立つ様子を聞いて、賢治の胸も喜びに充ち溢れたことであろう。二首の和歌のうちの前の歌はまさにそのような光景を詠んだものである。

賢治は十七日、十八日には自宅の店先で祭を楽しんだが、十九日にはお神輿が早暁、神社へ還るのを拝みたいと門のところで待った。「夜冷気満ち、夜霧が降りた。寒さを心配して母が注意したがそのまま待ち、夜八時頃拝礼して家に入る。二十日、昨夜の冷気がきつかったか呼吸苦しく容態急変する」（同書四四九頁）。医師の診断は急性肺炎ということであった。

この時、父政次郎は最悪のことを考えて、親鸞や日蓮の死の克服について語り合ったという。親鸞に即すれば往生観ということになろうし、日蓮に即すれば即身成仏ということになる。父と子の言葉と論理は必ずしも一致しなかったかも知れないが、しかし死を前にして相通ずる心の交流があったのであろう。右に掲げた『新修宮沢賢治全集』別巻によれば、和歌二首を書いたのはこの後だという。

この父政次郎の態度は立派というほかない。すでに賢治の肉体がかなり衰弱していたことは賢治自身よく承知していた。第二首目の歌はまさにそのことを詠んだものである。「病気のために廃躯となってしまった我が身であるのに、その身を仏陀の教えのために捧げることができるということはなんと幸せなことであろう」というほどの意味である。そしてまた、父政次郎が我が子の生をいかに全うさせ、いかに死を迎えさせるかを必死に考えていた様子が推察できる。

そのことにさらに触れる前に、もう一つのエピソードに触れなければならない。夜七時頃、稲を救けるための指導を受けにひとりの農民が賢治を訪ねた。賢治は「それは大切なことだから」といって、わざわざ着物を着替え、農民のまわりくどい話を聞き、こまかく対処の方法を指導したのであった。一時間ほどで農民が帰るときにも、賢治は礼儀正しく見送ったという。しかし、弟の清六さんが抱きかかえるようにして階段を上り、休ませたのであった。

以前、NHKテレビの特集で、賢治先生の教えを受けた感激を心の底から話す老人の姿を通して、賢治を追慕した感激を忘れることはできない。この最後に指導を受けた農民は、賢治の指導の通りに対処して立派な収穫を挙げたとのことである。賢治の生存中、最後の実践であった。

そして遂に九月二十一日が来た。午前十一時半、「南無妙法蓮華経」と高らかに唱える声を聞いて家人が二階へ昇ると、容態は急変し、喀血していた。父政次郎はもはや最後と覚悟し、賢治から遺言を聞いた。そして念のためにそれを紙に書いた。

「合掌、私の全生涯の仕事はこの経をあなたのお手許に届け、そしてその中にある仏意にふれて、あなたが無上道に入られんことをお願いする外ありません。昭和八年九月廿一日臨終の日に於いて　宮澤賢治」

この遺言の『国訳妙法蓮華経』は翌年、昭和九年六月五日に刊行され、有縁の人々に届けられた。

【Ⅳ】生死を一貫するイメージ

前述したように、賢治はあたかも死の二年前、東京駿河台の八幡館で激しく発熱して死を覚悟したのであった。『新修宮沢賢治全集』別巻の「年譜」によれば、「私も終わりと思いますから、最後にお父さんのお声が聞きたくなったから」と二十七日に花巻へ電話したのだという。そうしたなかで、賢治の死の日からまったく二年前の昭和六年九月二十一日に、賢治は父母や身近な人に遺書を残している。

「この一生の間どこのどんな子供も受けないやうな厚いご恩をいたゞきながら、いつも我慢でお心に背きたうたうこんなことになりました。今生で万分（の）一もつひにお返しできませんでしたご恩はきつと次の生、又その次の生でご報じいたしたいとそれのみを念願いたします。

どうかご信仰といふのではなくてもお題目で私をお呼びだしください。そのお題目で絶えずおわび申し上げお答へいたします。

九月二十一日　　　　　　　　　　賢治

父上様

母上様

（『新校本宮澤賢治全集』第十五巻【書簡393】本文篇385頁）

「たうたう一生何ひとつお役に立たずご心配ご迷惑ばかり掛けてしまひました。
どうかこの我儘者をお許しください。

賢治

清六様
しげ様
主計様
くに様

（『新校本宮澤賢治全集』第十五巻【書簡394】本文篇386頁）

ここには、賢治が家族の温かい理解を受けながら、その理想達成のために生きた祈りの生涯からの感謝と法悦が込められているといえよう。だから、一方では迷惑を掛け通したことを詫びながら、他方では、たとえ信仰というのでなくても法華経の祈りを一言で表わした南無妙法蓮華経のお題目で私に呼び掛けてくださいと遺言しているのである。

今日でこそ諸宗教の対話が語られ、仏教諸宗派間の交流も盛んに行なわれているが、それでもそれぞれの信仰の世界には譲れないものがある。まして賢治の時代、堅い浄土真宗の信仰者であり、当時一流の指導者たちを招請して仏教講習会を開催していた父に対してのこの遺言は、全力を振り絞り万感を込めたものであったに違いない。そして父政次郎は終始、我が子賢治と共に心の歩みを歩んでいたのであろう。

信仰上の対立ということが、ただ外形的なものであったとすれば、このような親子の対話は有り得なかったであろうし、政次郎が賢治の生き方を支援することもなかったであろう。父と子とは、浄土真宗と国柱会というように相対立する宗教集団に所属していた。唯そのことだけで判断すれば、父と子とは全くの対立関係でしかなくなるはずである。しかし、その底に仏陀の慈愛に満ち溢れた眼差しがあり、島地大等師が編んだ『漢和対照　妙法蓮華経』がある。さらに父の子に対する信頼と子の父への尊敬がある。

賢治の遺言を聞いて父政次郎は「たしかに承知した。おまえもなかなかえらい。ほかにないか」というのに対し、賢治は「いずれ起きて書きます」と答えたという。父の言葉は賢治と共に歩み続けた賢者としての「印可」のようにも思え、賢治の信じた法華経への讃歌とも受け取れないであろうか。

それは、たしかに東北の一隅でのひとりのそれほど名も知れぬ詩人の死の光景であったが、それを伝え聞く多くの人に、人生を真剣に生き、未来を法華経に託して従容として死に対面する永訣の在り方を示すものである。

【V】『雨ニモマケズ手帳』にみる生と死

既に『雨ニモマケズ手帳』二ページの記録について考察したように、昭和六年九月の段階で宮澤賢治は死の覚悟をしているように思われる。つまり、その黒い手帳に記されている内容は死と隣あわせの病床での賢治の心の叫びであることが分かる。すると、賢治の辞世についても遺言についても、ただ死の時点だけで理解しようとしても理解しきれないのではなかろうか。そこで『雨ニモマケズ手帳』に誌されている死との対面について見てみよう。

「カノ肺炎ノ虫ノ息ヲオモヘ／汝ニ恰モ相当スルハタヾカノ状態ノミ。他ハミナ過分ノ恩恵ト知レ」（「手帳」七五・七六頁　『新校本宮澤賢治全集』第十三巻（上）本文篇533頁）

呼吸が苦しかったことは何度も記されている。「調息秘術」として、「咳、喘（＝痰）左の法にて直ちに之を治す」と述べ、法華経如来神力品の要文を一字毎に息を吐き息を吸うよう指示していること、それに続けて「次に左の文にて悪しき幻想妄想尽く去る」として、法華経見宝塔品の要文を挙げていたことも先に見た通りである（本書一二四〜一二八頁）。
また死の恐怖の前に「賢聖軍」の加護を得て、煩悩（の）魔を破し、五蘊（の）魔を破し、死魔を（というように、仏教で生命を奪い、またその因縁となる四つの魔のうち第四の天子魔を除く三つの魔を）破すことを明らかにしている。その上で、「凡そ愚者は常に転展して諸魔の手中にあり。病は恐怖を去る時、半ば癒え、憂愁を離れる時、全治す」という内容を漢字のみで誌し、右上のような図示をしている（以上、「手帖」八三〜八六頁。『新校本宮澤賢治全集』第十三巻 本文篇 537頁、なお「手帖」一一五・一一六頁にもこの文章が誌されている『新校本宮澤賢治全集』第十三巻 本文篇 557頁）。その延長上で、次のように誌す。

「仰臥し右のあしうらを／左の膝につけて／胸を苦しと合掌し奉る
忽ちわれは巌頭にあり／飛爆百丈／我右側より落つ
幾条の曲面氷の如く／亦命ある水の如く／落ちては堂々／轟々としてその脚を見ず
わが六根を洗ひ／清浄なれば／また病苦あるを知らず
毛孔を洗ひ／筋の一一の繊維を濯ぎ／なべての細胞を滌ぎて／《これ病中の一楽なり》／わ
れ恍として／前渓に日影の移るを見る

いとゞしく／過ぎにしかたのかなしきに／うらやましくも／かへる浪かな」

（『手帳』八九〜九六頁、『新校本宮澤賢治全集』第十三巻（上）本文篇540頁〜543頁）

死を迎えることは元来、悲愴である。しかし、賢治が病苦と戦っているときにも、死に直面したときにも、自己がそこですべてを失ってしまうという悲愴さはさらに見えず、法華経の実践のなかに死することは法華経の世界に生かされることだという毅然たる確信が見える。

賢治の法華経信仰は全生命を賭けてのものであった。したがって、それは科学者としての、農業技術者としての、羅須地人協会を通しての農民運動のなかにおいての、そして詩人として、童話作家としての、そうしたさまざまな活動（実践）のいずれの場所においても、宮澤賢治の生き方は法華経を全生命的に生きることであった。その精神活動の延長上に宮澤賢治の「死」があったのであろう。

あとがき

宮澤賢治は明治二十九年（一八九六年）の生誕であるから今年は、生誕満百二十年にあたる。また逝去したのは、昭和八年（一九三三年）の九月であるから、没後八十三年ということになる。その六箇月前に此の世に生を受けた筆者としては、仏縁を深く感じるところである。

篤い信仰に生きた父の言で、筆者が立正大学仏教学部に進学したところ、一年先輩の竹内泰存師に出会うことになる。師は、人生の懊悩の末に、神田の古書街で出会った宮澤賢治に心を牽かれ、ついに出家して、立正大学に進んだのであった。そんなところから、東京宮澤賢治研究会に出席することとなり、それなりの関心を懐くこととなったのであった。

第二次大戦後、宮澤賢治への関心が高まり、小倉豊文氏や斎藤文一氏などが輩出して、世間の耳目を集めた。そんなことからか、賢治と同年の、『法華経講話』で著名であった久保田正文先生（立正大学学監）のもとへ森荘已池氏が訪れて、同氏の編著になる『法華経と宮澤賢治』が編まれ、紀野一義氏や菅谷正貫教授が名を列ねたことがあった。

立正大学の淵源は、天正八年（一五八〇年）の飯高檀林にあるが、明治時代の教育制度出発の明治五年から数えて、開校百二十周年にあたる頃、昭和六十一年に五十三歳で、筆者は思いがけず、第二十三代立正大学長に推され、実務に携わった。三箇年の年限を終えて、時間的余裕を得たので、この際、宮澤賢治について書いておきたいと願ったところ、『大法輪』誌編集部の好意を得て、数ヶ月にわたって誌したのが、本書の大綱をなしている。幸いにも前編集長・小山弘利氏の激励を受けたのであった。爾来幾星霜、現編集長の黒神直也氏が、原典を『新校本宮澤賢治全集』にあたって頂くなど、まことに数々の好意をもとに、いささかの文章の添加などによって本書の姿となった。感謝に堪えない次第である。

かえりみて、到底、充分な考察に至らないが、賢治の『法華経』への関心のもととなる面に、一分でも読者諸賢の関心を頂くことが出来るならば、まことに幸いである。

なお、平成四年から再度、学長に推され、立正大学主催による「宮澤賢治シンポジウム」を三箇年ほど開催する機会にめぐまれた。賢治の実弟・宮澤清六氏をはじめ、天沢退二郎・分銅淳作・萩原昌好の諸氏等、実に多数の著名な賢治研究者の先生方にお出まし頂いたことは、忘れがたい想い出である。その際には、故宮城一男氏（弘前大学教養部長→秋田桂城大学学長→秋田経法大学副理事長）の尽力を頂いて有数の先生方に御協力たまわり、プログラムを組んで下さった。御協力たまわった諸先生のお名前を一々挙げぬ失礼をお許し頂く次第である。また、わざわざ訪日されたドイツのベルリン自由大学の教授・フィッシャー女史の御講演を頂くことが出来たのであった。

さらに思い起こせば、平成三年に彌生書房の故佐竹眞人氏が一面、田圃の中の小寺を訪ねて、賢治についての執筆をすすめて下さった。いろいろな方々の激励によって、本書が成り立ったことに感謝する次第である。

ここに、かずかずの想い出をこめて、贅言を加えることをお許し願いたい。

平成二十八年七月

渡邊　寶陽

渡邊寶陽（わたなべ・ほうよう）
昭和8年（1933年）東京生れ。立正大学元学長、立正大学名誉教授、文学博士。『日蓮宗信行論の研究』（平楽寺書店）、『法華経・久遠の救い』（ＮＨＫ出版）、『仏教を生きる　われら仏の子　法華経』（中央公論新社）、『日蓮仏教論―その基調をなすもの』（春秋社）、『わが家の宗教　日蓮宗』（大法輪閣、共著）などがある。

宮澤賢治《みやざわけんじ》と法華経宇宙《ほけきょううちゅう》

平成28年9月10日 初版第1刷発行

著　者　渡　邊　寶　陽
発行人　石　原　大　道
印　刷　亜細亜印刷株式会社
製　本　東　京　美　術　紙　工
発行所　有限会社 大　法　輪　閣
〒150-0011 東京都渋谷区東2-5-36 大泉ビル2F
TEL　(03) 5466-1401(代表)
振替　00130-8-19番
http://www.daihorin-kaku.com

ISBN978-4-8046-1387-1　C0015